Der goldene Vogel

Der goldene Vogel

Vierzehn Märchen der Gebrüder Grimm

mit Illustrationen von

Lidia Postma

Urachhaus

CIP-Kurztitelaufnahme der Deutschen Bibliothek

Postma, Lidia:

Der goldene Vogel : 14 Märchen d. Gebr. Grimm /
mit Ill. von Lidia Postma. –
Stuttgart : Urachhaus, 1987. –
ISBN 3-87838-530-7
NE: Grimm, Jacob [Hrsg.]
Grimm ⟨Brüder⟩; Brüder Grimm

ISBN 3 87838 530 7

Satz und Druck der Offizin Chr. Scheufele, Stuttgart.

Inhalt

Die zertanzten Schuhe

ES WAR EINMAL ein König, der hatte zwölf Töchter, eine immer schöner als die andere. Sie schliefen zusammen in einem Saal, wo die Betten nebeneinander standen, und abends, wenn sie darin lagen, schloß der König die Tür zu und verriegelte sie. Wenn er aber am Morgen die Türe aufschloß, so sah er, daß ihre Schuhe zertanzt waren, und niemand konnte herausbringen, wie das zugegangen war. Da ließ der König ausrufen, wers könnte ausfindig machen, wo sie in der Nacht tanzten, der sollte sich eine davon zur Frau wählen und nach seinem Tod König sein: wer sich aber meldete und es nach drei Tagen und Nächten nicht herausbrächte, der hätte sein Leben verwirkt.

Nicht lange, so meldete sich ein Königssohn und erbot sich, das Wagnis zu unternehmen. Er ward wohl aufgenommen und abends in ein Zimmer geführt, das an den Schlafsaal stieß. Sein Bett war da aufgeschlagen, und er sollte acht haben, wo sie hingingen und tanzten; und damit sie nichts heimlich treiben konnten oder zu einem andern Ort hinausgingen, war auch die Saaltüre offen gelassen. Dem Königssohn fiels aber wie Blei auf die Augen und er schlief ein, und als er am Morgen aufwachte, waren alle zwölfe zum Tanz gewesen, denn ihre Schuhe standen da und hatten Löcher in den Sohlen. Den zweiten und dritten Abend gings nicht anders, und da ward ihm sein Haupt ohne Barmherzigkeit abgeschlagen. Da kamen hernach noch viele und meldeten sich zu dem Wagestück, sie mußten aber alle ihr Leben lassen.

Nun trug sichs zu, daß ein armer Soldat, der eine Wunde hatte und nicht mehr dienen konnte, sich auf dem Weg nach der Stadt befand, wo der König wohnte. Da begegnete ihm eine alte Frau, die fragte ihn, wo er hin wollte.

»Ich weiß selber nicht recht«, sprach er, und setzte im Scherz hinzu: »Ich hätte wohl Lust, ausfindig zu machen, wo die Königstöchter ihre Schuhe vertanzen und darnach König zu werden.«

»Das ist so schwer nicht«, sagte die Alte, »du mußt den Wein nicht trinken, der dir abends gebracht wird, und mußt tun, als wärst du fest eingeschlafen.« Darauf gab sie ihm ein Mäntelchen und sprach: »Wenn du das umhängst, so bist du unsichtbar und kannst den zwölfen dann nachschleichen.«

Wie der Soldat den guten Rat bekommen hatte, wards Ernst bei ihm, so daß er ein Herz faßte, vor den König ging und sich als Freier meldete. Er ward so gut aufgenommen wie die andern auch, und wurden ihm königliche Kleider angetan. Abends zur Schlafenszeit ward er in das Vorzimmer geführt, und als er zu Bette gehen wollte, kam die Älteste und brachte ihm einen Becher Wein: aber er hatte sich einen Schwamm unter das Kinn gebunden, ließ den Wein da hineinlaufen, und trank keinen Tropfen. Dann legte er sich nieder, und als er ein Weilchen gelegen hatte, fing er an zu schnarchen, wie im tiefsten Schlaf. Das hörten die zwölf Königstöchter, lachten, und die Älteste sprach: »Der hätte auch sein Leben sparen können.«

Danach standen sie auf, öffneten Schränke, Kisten und Kasten, und holten prächtige Kleider heraus: putzten sich vor den Spiegeln, sprangen herum und freuten sich auf den Tanz. Nur die Jüngste sagte: »Ich weiß nicht, ihr freut euch, aber mir ist so wunderlich zumut: gewiß widerfährt uns ein Unglück.«

»Du bist eine Schneegans«, sagte die Älteste, »die sich immer fürchtet. Hast du vergessen, wie viel Königssöhne schon umsonst dagewesen sind? dem Soldaten hätt ich nicht einmal brauchen einen Schlaftrunk zu geben, der Lümmel wäre doch nicht aufgewacht.«

Wie sie alle fertig waren, sahen sie erst nach dem Soldaten, aber der hatte die Augen zugetan, rührte und regte sich nicht, und sie glaubten nun ganz sicher zu sein. Da ging die Älteste an ihr Bett und klopfte daran: alsbald sank es in die Erde, und sie stiegen durch die Öffnung hinab, eine nach der andern, die Älteste voran. Der Soldat, der alles mit angesehen hatte, zauderte nicht lange, hing sein Mäntelchen um und stieg hinter der Jüngsten mit hinab. Mitten auf der Treppe trat er ihr ein wenig aufs Kleid, da erschrak sie und rief: »Was ist das? wer hält mich am Kleid?«

»Sei nicht so einfältig«, sagte die Älteste, »du bist an einem Haken hängen geblieben.« Da gingen sie vollends hinab, und wie sie unten waren, standen sie in einem wunderprächtigen Baumgang, da waren alle Blätter von Silber und schimmerten und glänzten.

Der Soldat dachte: »Du willst dir ein Wahrzeichen mitnehmen«, und brach einen Zweig davon ab: da fuhr ein gewaltiger Krach aus dem Baume. Die Jüngste rief wieder: »Es ist nicht richtig, habt ihr den Knall gehört?«

Die Älteste aber sprach: »Das sind Freudenschüsse, weil wir unsere Prinzen bald erlöst haben.«

Sie kamen darauf in einen Baumgang, wo alle Blätter von Gold, und endlich in einen dritten, wo sie klarer

9

Demant waren: von beiden brach er einen Zweig ab, wobei es jedesmal krachte, daß die Jüngste vor Schrecken zusammenfuhr: aber die Älteste blieb dabei, es wären Freudenschüsse. Sie gingen weiter und kamen zu einem großen Wasser, darauf standen zwölf Schifflein, und in jedem Schifflein saß ein schöner Prinz, die hatten auf die zwölfe gewartet, und jeder nahm eine zu sich, der Soldat aber setzte sich mit der Jüngsten ein.

Da sprach der Prinz: »Ich weiß nicht, das Schiff ist heute viel schwerer, und ich muß aus allen Kräften rudern, wenn ich es fortbringen soll.«

»Wovon sollte das kommen«, sprach die Jüngste, »als vom warmen Wetter, es ist mir auch so heiß zumut.«

Jenseits des Wassers aber stand ein schönes hellerleuchtetes Schloß, woraus eine lustige Musik erschallte von Pauken und Trompeten. Sie ruderten hinüber, traten ein, und jeder Prinz tanzte mit seiner Liebsten; der Soldat aber tanzte unsichtbar mit, und wenn eine einen Becher mit Wein hielt, so trank er ihn aus, daß er leer war, wenn sie ihn an den Mund brachte; und der Jüngsten ward auch angst darüber, aber die Älteste brachte sie immer zum Schweigen. Sie tanzten da bis drei Uhr am andern Morgen, wo alle Schuhe durchgetanzt waren und sie aufhören mußten.

Die Prinzen fuhren sie über das Wasser wieder zurück, und der Soldat setzte sich diesmal vorne hin zur Ältesten. Am Ufer nahmen sie von ihren Prinzen Abschied und versprachen, in der folgenden Nacht wiederzukommen. Als sie an der Treppe waren, lief der Soldat voraus und legte sich in sein Bett, und als die zwölf langsam und müde heraufgetrippelt kamen, schnarchte er schon wieder so laut, daß sies alle hören konnten, und sie sprachen: »Vor dem sind wir sicher.« Da taten sie ihre schönen Kleider aus, brachten sie weg, stellten die zertanzten Schuhe unter das Bett und legten sich nieder.

Am andern Morgen wollte der Soldat nichts sagen, sondern das wunderliche Wesen noch mit ansehen, und ging die zweite und die dritte Nacht wieder mit. Da war alles wie das erstemal, und sie tanzten jedesmal, bis die Schuhe entzwei waren. Das drittemal aber nahm er zum Wahrzeichen einen Becher mit. Als die Stunde gekommen war, wo er antworten sollte, steckte er die drei Zweige und den Becher zu sich und ging vor den König, die zwölfe aber standen hinter der Türe und horchten, was er sagen würde.

Als der König die Frage tat: »Wo haben meine zwölf Töchter ihre Schuhe in der Nacht vertanzt?«, so antwortete er: »Mit zwölf Prinzen in einem unterirdischen Schloß«, berichtete, wie es zugegangen war, und holte die Wahrzeichen hervor. Da ließ der König seine Töchter kommen und fragte sie, ob der Soldat die Wahrheit gesagt hätte, und da sie sahen, daß sie verraten waren und leugnen nichts half, so mußten sie alles eingestehen.

Daraufhin fragte ihn der König, welche er zur Frau haben wollte. Er antwortete: »Ich bin nicht mehr jung, so gebt mir die Älteste.« Da ward noch am selbigen Tage

die Hochzeit gehalten und ihm das Reich nach des Königs Tode versprochen. Aber die Prinzen wurden auf so viele Tage wieder verwünscht, als sie Nächte mit den zwölfen getanzt hatten.

Aschenputtel

EINEM REICHEN MANNE, dem wurde seine Frau krank, und als sie fühlte, daß ihr Ende herankam, rief sie ihr einziges Töchterlein zu sich ans Bett und sprach: »Liebes Kind, bleib fromm und gut, so wird dir der liebe Gott immer beistehen, und ich will vom Himmel auf dich herabblicken und will um dich sein.« Darauf tat sie die Augen zu und verschied. Das Mädchen ging jeden Tag hinaus zu dem Grabe der Mutter und weinte und blieb fromm und gut. Als der Winter kam, deckte der Schnee ein weißes Tüchlein auf das Grab, und als die Sonne im Frühjahr es wieder herabgezogen hatte, nahm sich der Mann eine andere Frau.

Die Frau hatte zwei Töchter mit ins Haus gebracht, die schön und weiß von Angesicht waren, aber garstig und schwarz von Herzen. Da ging eine schlimme Zeit für das arme Stiefkind an.

»Soll die dumme Gans bei uns in der Stube sitzen!« sprachen sie, »wer Brot essen will, muß es verdienen: hinaus mit der Küchenmagd.« Sie nahmen ihm seine schönen Kleider weg, zogen ihm einen grauen alten Kittel an und gaben ihm hölzerne Schuhe.

»Seht einmal die stolze Prinzessin, wie sie geputzt ist!« riefen sie, lachten und führten es in die Küche. Da mußte es von Morgen bis Abend schwere Arbeit tun, früh vor Tag aufstehn, Wasser tragen, Feuer anmachen, kochen und waschen. Obendrein taten ihm die Schwestern alles ersinnliche Herzeleid an, verspotteten es und schütteten ihm die Erbsen und Linsen in die Asche, so daß es sitzen und sie wieder auslesen mußte. Abends, wenn es sich müde gearbeitet hatte, kam es in kein Bett, sondern mußte sich neben den Herd in die Asche legen. Und weil es darum immer staubig und schmutzig aussah, nannten sie es Aschenputtel.

Es trug sich zu, daß der Vater einmal in die Messe ziehen wollte, da fragte er die beiden Stiefkinder, was er ihnen mitbringen sollte.

»Schöne Kleider«, sagte die eine, »Perlen und Edelsteine«, die zweite.

»Aber du, Aschenputtel«, sprach er, »was willst du haben?«

»Vater, das erste Reis, das euch auf eurem Heimweg an den Hut stößt, das brecht für mich ab.« Er kaufte nun für die beiden Stiefschwestern schöne Kleider, Perlen und Edelsteine, und auf dem Rückweg, als er durch einen grünen Busch ritt, streifte ihn ein Haselreis und stieß ihm den Hut ab. Da brach er das Reis ab und nahm es mit. Als er nach Hause kam, gab er den Stieftöchtern, was sie sich gewünscht hatten, und dem Aschenputtel gab er das Reis von dem Haselbusch. Aschenputtel dankte ihm, ging zu der Mutter Grab und pflanzte das Reis darauf und weinte so sehr, daß die Tränen darauf niederfielen und es begossen. Es wuchs aber und ward ein schöner Baum. Aschenputtel ging alle Tage dreimal darunter, weinte und betete, und allemal kam ein weißes Vöglein auf den Baum, und wenn es einen Wunsch aussprach, so warf ihm das Vöglein herab, was es sich gewünscht hatte.

Es begab sich aber, daß der König ein Fest anstellte, das drei Tage dauern sollte und wozu alle schönen Jungfrauen im Lande eingeladen wurden, damit sich sein Sohn eine Braut aussuchen möchte. Die zwei Stiefschwestern, als sie hörten, daß sie auch dabei erscheinen sollten, waren guter Dinge, riefen Aschenputtel und sprachen: »Kämm uns die Haare, bürste uns die Schuhe und mache uns die Schnallen fest, wir gehen zur Hochzeit auf des Königs Schloß.«

Aschenputtel gehorchte, weinte aber, weil es auch gern zum Tanz mitgegangen wäre, und bat die Stiefmutter, sie möchte es ihm erlauben.

»Du Aschenputtel«, sprach sie, »bist voll Staub und Schmutz und willst zur Hochzeit? Du hast keine Kleider und Schuhe und willst tanzen?«

Als es aber mit Bitten anhielt, sprach sie endlich: »Da habe ich dir eine Schüssel Linsen in die Asche geschüttet, wenn du die Linsen in zwei Stunden wieder ausgelesen hast, so sollst du mitgehen.«

Das Mädchen ging durch die Hintertür nach dem Garten und rief: »Ihr zahmen Täubchen, ihr Turteltäubchen, all ihr Vöglein unter dem Himmel, kommt und helft mir lesen,

die guten ins Töpfchen,
die schlechten ins Kröpfchen.«

Da kamen zum Küchenfenster zwei weiße Täubchen herein und danach die Turteltäubchen, und endlich schwirrten und schwärmten alle Vöglein unter dem Himmel herein und ließen sich um die Asche nieder. Und die Täubchen nickten mit den Köpfchen und fingen an, pik, pik, pik, pik, und da fingen die übrigen auch an pik, pik, pik, pik und lasen alle guten Körnlein in die Schüssel. Kaum war eine Stunde herum, so waren sie schon fertig und flogen alle wieder hinaus. Da brachte das Mädchen die Schüssel der Stiefmutter, freute sich und glaubte, es dürfte nun mit auf die Hochzeit gehen.

Aber sie sprach: »Nein, Aschenputtel, du hast keine Kleider und kannst nicht tanzen: du wirst nur ausgelacht.«

Als es nun weinte, sprach sie: »Wenn du mir zwei Schüsseln voll Linsen in einer Stunde aus der Asche rein lesen kannst, so sollst du mitgehen«, und dachte: Das kann es ja nimmermehr. Als sie die zwei Schüsseln in die Asche geschüttet hatte, ging das Mädchen durch die Hintertür nach dem Garten und rief: »Ihr zahmen Täubchen, ihr Turteltäubchen, all ihr Vöglein unter dem Himmel, kommt und helft mir lesen,

die guten ins Töpfchen,
die schlechten ins Kröpfchen.«

Da kamen zum Küchenfenster zwei weiße Täubchen herein und danach die Turteltäubchen, und endlich schwirrten und schwärmten alle Vögel unter dem Himmel herein und ließen sich um die Asche nieder. Und die Täubchen nickten mit ihren Köpfchen und fingen an pik, pik, pik, pik, und da fingen die übrigen auch an pik, pik, pik, pik und lasen alle guten Körner in die Schüsseln. Und eh' eine halbe Stunde herum war, waren sie schon fertig und flogen alle wieder hinaus. Da trug das Mädchen die Schüsseln zu der Stiefmutter, freute sich und glaubte, nun dürfe es mit auf die Hochzeit gehen. Aber sie sprach: »Es hilft dir alles nichts, du kommst nicht mit, denn du hast keine Kleider und kannst nicht tanzen; wir müßten uns deiner schämen.«

Darauf kehrte sie ihm den Rücken und eilte mit ihren zwei stolzen Töchtern fort.

Als nun niemand mehr daheim war, ging Aschenputtel zu seiner Mutter Grab unter dem Haselbaum und rief:

»Bäumchen, rüttel dich und schüttel dich,
wirf Gold und Silber über mich.«

Da warf ihm der Vogel ein golden und silbern Kleid herunter und mit Seide und Silber ausgestickte Pantoffeln. In aller Eile zog es das Kleid an und ging zur Hochzeit. Seine Schwestern aber und die Stiefmutter kannten es nicht und meinten, es müsse eine fremde Königstochter sein, so schön sah es in dem goldenen Kleide aus. An Aschenputtel dachten sie gar nicht und dachten, es säße daheim im Schmutz und suchte die Linsen aus der Asche. Der Königssohn kam ihm entgegen, nahm es bei der Hand und tanzte mit ihm. Er wollte auch sonst mit niemand tanzen, also daß er ihm die Hand nicht losließ, und wenn ein anderer kam, es aufzufordern, sprach er: »Das ist meine Tänzerin.«

Es tanzte bis es Abend war, da wollte es nach Hause gehen. Der Königssohn aber sprach: »Ich gehe mit und begleite dich«, denn er wollte sehen, wem das schöne

Mädchen angehörte. Sie entwischte ihm aber und sprang in das Taubenhaus. Nun wartete der Königssohn, bis der Vater kam und sagte ihm, das fremde Mädchen wäre in das Taubenhaus gesprungen. Der Alte dachte: Sollte es Aschenputtel sein? Und sie mußten ihm Axt und Hacken bringen, damit er das Taubenhaus entzweischlagen konnte: aber es war niemand darin. Und als sie ins Haus kamen, lag Aschenputtel in seinen schmutzigen Kleidern in der Asche, und ein trübes Öllämpchen brannte im Schornstein; denn Aschenputtel war geschwind aus dem Taubenhaus hinten herabgesprungen und war zu dem Haselbäumchen gelaufen: da hatte es die schönen Kleider abgezogen und aufs Grab gelegt, und der Vogel hatte sie wieder weggenommen, und dann hatte es sich in seinem grauen Kittelchen in die Küche zur Asche gesetzt.

Am andern Tag, als das Fest von neuem anhub und die Eltern und Stiefschwestern wieder fort waren, ging Aschenputtel zu dem Haselbaum und sprach:

»Bäumchen, rüttel dich und schüttel dich,
    wirf Gold und Silber über mich.«

Da warf der Vogel ein noch viel stolzeres Kleid herab als am vorigen Tag. Und als es mit diesem Kleide auf der Hochzeit erschien, erstaunte jedermann über seine Schönheit. Der Königssohn aber hatte gewartet bis es kam, nahm es gleich bei der Hand und tanzte nur allein mit ihm. Wenn die andern kamen und es aufforderten, sprach er: »Das ist meine Tänzerin.«

Als es nun Abend war, wollte es fort, und der Königssohn ging ihm nach und wollte sehen, in welches Haus es ging, aber es sprang ihm fort und in den Garten hinter dem Haus. Darin stand ein schöner, großer Baum, an dem die herrlichsten Birnen hingen, es kletterte so behend wie ein Eichhörnchen zwischen die Äste, und der Königssohn wußte nicht, wo es hingekommen war. Er wartete aber bis der Vater kam und sprach zu ihm: »Das fremde Mädchen ist mir entwischt, und ich glaube, es ist auf den Birnbaum gesprungen.«

Der Vater dachte: Sollte es Aschenputtel sein? – ließ die Axt holen und hieb den Baum um, aber es war niemand darauf. Und als sie in die Küche kamen, lag Aschenputtel da in der Asche, wie sonst auch, denn es war auf der andern Seite vom Baum herabgesprungen, hatte dem Vogel auf dem Haselbäumchen die schönen Kleider wiedergebracht und sein graues Kittelchen angezogen.

Am dritten Tag, als die Eltern und Schwesten fort waren, ging Aschenputtel wieder zu seiner Mutter Grab und sprach zu dem Bäumchen:

»Bäumchen, rüttel dich und schüttel dich,
    wirf Gold und Silber über mich.«

Nun warf ihm der Vogel ein Kleid herab, das war so prächtig und glänzend, wie es noch keins gehabt hatte, und die Pantoffeln waren ganz golden. Als es in dem Kleid zur Hochzeit kam, wußten sie alle nicht, was sie vor Verwunderung sagen sollten. Der Königssohn tanzte ganz allein mit ihm, und wenn es einer aufforderte, sprach er: »Das ist meine Tänzerin.«

Als es nun Abend war, wollte Aschenputtel fort, und der Königssohn wollte es begleiten, aber es entsprang ihm so geschwind, daß er nicht folgen konnte. Der Königssohn hatte aber eine List gebraucht und hatte die ganze Treppe mit Pech bestreichen lassen, da war, als es hinabsprang, der linke Pantoffel des Mädchens hängengeblieben. Der Königssohn hob ihn auf, und er war klein und zierlich und ganz golden. Am nächsten Morgen ging er damit zu dem Mann und sagte zu ihm: »Keine andere soll meine Gemahlin werden als die, an deren Fuß dieser goldene Schuh paßt.« Da freuten sich die beiden Schwestern, denn sie hatten schöne Füße. Die Älteste ging mit dem Schuh in die Kammer und wollte ihn anprobieren, und die Mutter stand dabei. Aber sie konnte mit der großen Zehe nicht hineinkommen, und der Schuh war ihr zu klein, da reichte ihr die Mutter ein Messer und sprach: »Hau die Zehe ab, wann du Königin bist, so brauchst du nicht mehr zu Fuß zu gehen.«

Das Mädchen hieb die Zehe ab, zwängte den Fuß in den Schuh, verbiß den Schmerz und ging hinaus zum Königssohn. Da nahm er sie als seine Braut aufs Pferd und ritt mit ihr fort. Sie mußten aber an dem Grabe vorbei, da saßen die zwei Täubchen auf dem Haselbäumchen und riefen:

»Rucke di guck, rucke guck,
Blut ist im Schuck (Schuh):
der Schuck ist zu klein,
die rechte Braut sitzt noch daheim.«

Da blickte er auf ihren Fuß und sah, wie das Blut herausquoll. Er wendete sein Pferd um, brachte die falsche Braut wieder nach Haus und sagte, das wäre nicht die rechte, die andere Schwester solle den Schuh anziehen. Da ging diese in die Kammer und kam mit den Zehen glücklich in den Schuh, aber die Ferse war zu groß. Da reichte ihr die Mutter ein Messer und sprach: »Hau ein Stück von der Ferse ab, wann du Königin bist, brauchst du nicht mehr zu Fuß zu gehen.«

Das Mädchen hieb ein Stück von der Ferse ab, zwängte den Fuß in den Schuh, verbiß den Schmerz und ging hinaus zum Königssohn. Da nahm er sie als seine Braut aufs Pferd und ritt mit ihr fort. Als sie an dem Haselbäumchen vorbeikamen, saßen die zwei Täubchen darauf und riefen:

»Rucke di guck, rucke di guck,
Blut ist im Schuck:

der Schuck ist zu klein,
die rechte Braut sitzt noch daheim. «

Er blickte nieder auf ihren Fuß und sah, wie das Blut aus dem Schuh quoll und an den weißen Strümpfen ganz rot heraufgestiegen war. Da wendete er sein Pferd und brachte die falsche Braut wieder nach Haus.

»Das ist auch nicht die rechte«, sprach er, »habt ihr keine andere Tochter?«

»Nein«, sagte der Mann, »nur von meiner verstorbenen Frau ist noch ein kleines verbuttetes Aschenputtel da: das kann unmöglich die Braut sein. «

Der Königssohn sprach, er sollte es heraufschicken, die Mutter aber antwortete: »Ach nein, das ist viel zu schmutzig, das darf sich nicht sehen lassen. «

Er wollte es aber durchaus haben, und Aschenputtel mußte gerufen werden. Da wusch es sich erst Hände und Angesicht rein, ging dann hin und neigte sich vor dem Königssohn, der ihm den goldenen Schuh reichte. Dann setzte es sich auf einen Schemel, zog den Fuß aus dem schweren Holzschuh und steckte ihn in den Pantoffel, der war wie angegossen. Und als es sich in die Höhe richtete und der König ihm ins Gesicht sah, so erkannte er das schöne Mädchen, das mit ihm getanzt hatte, und rief: »Das ist die rechte Braut! «

Die Stiefmutter und die beiden Schwestern erschraken und wurden bleich vor Ärger, er aber nahm Aschenputtel aufs Pferd und ritt mit ihm fort. Als sie an dem Haselbäumchen vorbeikamen, riefen die zwei weißen Täubchen:

»Rucke di guck, rucke die guck,
kein Blut im Schuck:
Der Schuck ist nicht zu klein,
die rechte Braut, die führt er heim. «

Und als sie das gerufen hatten, kamen sie beide herabgeflogen und setzten sich dem Aschenputtel auf die Schultern, eine rechts, die andere links, und blieben da sitzen.

Als die Hochzeit mit dem Königssohn sollte gehalten werden, kamen die falschen Schwestern, wollten sich einschmeicheln und teil an seinem Glück nehmen. Als die Brautleute nun zur Kirche gingen, war die Älteste zur rechten, die Jüngste zur linken Seite: da pickten die Tauben einer jeden das eine Auge aus. Hernach, als sie herausgingen, war die Älteste zur linken und die Jüngste zur rechten: da pickten die Tauben einer jeder das andere Auge aus. Und waren sie also für ihre Bosheit und Falschheit mit Blindheit auf ihr Lebtag gestraft.

Allerleirauh

ES WAR EINMAL ein König, der hatte eine Frau mit goldenen Haaren, und sie war so schön, daß sich ihresgleichen nicht mehr auf Erden fand. Es geschah, daß sie krank lag, und als sie fühlte, daß sie bald sterben würde, rief sie den König und sprach: »Wenn du nach meinem Tode dich wieder vermählen willst, so nimm keine, die nicht ebenso schön ist, als ich bin, und die nicht solche goldenen Haare hat, wie ich habe; das mußt du mir versprechen.«

Nachdem es ihr der König versprochen hatte, tat sie die Augen zu und starb.

Der König war lange Zeit nicht zu trösten und dachte nicht daran, eine zweite Frau zu nehmen. Endlich sprachen seine Räte: »Es geht nicht anders, der König muß sich wieder vermählen, damit wir eine Königin haben.«

Nun wurden Boten weit und breit umhergeschickt, eine Braut zu suchen, die an Schönheit der verstorbenen Königin ganz gleichkäme. Es war aber keine in der ganzen Welt zu finden, und wenn man sie auch gefunden hätte, so war doch keine da, die solche goldene Haare gehabt hätte. Also kamen die Boten unverrichter Sache wieder heim.

Nun hatte der König eine Tochter, die war gerade so schön wie ihre verstorbene Mutter, und hatte auch solche goldene Haare. Als sie herangewachsen war, sah sie der König einmal an und sah, daß sie in allem seiner verstorbenen Gemahlin ähnlich war, und fühlte plötzlich eine heftige Liebe zu ihr. Da sprach er zu seinen Räten: »Ich will meine Tochter heiraten, denn sie ist das Ebenbild meiner verstorbenen Frau, und sonst kann ich doch keine Braut finden, die ihr gleicht.«

Als die Räte das hörten, erschraken sie und sprachen: »Gott hat verboten, daß der Vater seine Tochter heirate, aus der Sünde kann nichts Gutes entspringen, und das Reich wird mit ins Verderben gezogen.«

Die Tochter erschrak noch mehr, als sie den Entschluß ihres Vaters vernahm, hoffte aber, ihn von seinem Vorhaben noch abzubringen. Da sagte sie zu ihm: »Eh ich Euren Wunsch erfülle, muß ich erst drei Kleider haben, eins so golden wie die Sonne, eins so silbern wie der Mond, und eins so glänzend wie die Sterne; ferner verlange ich einen Mantel von tausenderlei Pelz und Rauhwerk zusammengesetzt, und ein jedes Tier in Eurem Reich muß ein Stück von seiner Haut dazu geben.«

Sie dachte aber: »Das anzuschaffen ist ganz unmöglich, und ich bringe damit meinen Vater von seinen bösen Gedanken ab.«

Der König ließ aber nicht ab, und die geschicktesten Jungfrauen in seinem Reiche mußten die drei Kleider weben, eins so golden wie die Sonne, eins so silbern wie der Mond, und eins so glänzend wie die Sterne; und seine Jäger mußten alle Tiere im ganzen Reiche auffangen und ihnen ein Stück von ihrer Haut abziehen; daraus ward ein Mantel von tausenderlei Rauhwerk gemacht. Endlich, als alles fertig war, ließ der König den Mantel herbeiholen, breitete ihn vor ihr aus und sprach: »Morgen soll die Hochzeit sein.«

Als nun die Königstochter sah, daß keine Hoffnung mehr war, ihres Vaters Herz umzuwenden, so faßte sie den Entschluß zu entfliehen. In der Nacht, während alles schlief, stand sie auf und nahm von ihren Kostbarkeiten dreierlei, einen goldenen Ring, ein goldenes Spinnrädchen und ein goldenes Haspelchen; die drei Kleider von Sonne, Mond und Sternen tat sie in eine Nußschale, zog den Mantel von allerlei Rauhwerk an und machte sich Gesicht und Hände mit Ruß schwarz. Dann befahl sie sich Gott und ging fort, und ging die ganze Nacht, bis sie in einen großen Wald kam. Und weil sie müde war, setzte sie sich in einen hohlen Baum und schlief ein.

Die Sonne ging auf, und sie schlief fort und schlief noch immer, als es schon hoher Tag war. Da trug es sich zu, daß der König, dem dieser Wald gehörte, darin jagte. Als seine Hunde zu dem Baum kamen, schnupperten sie, liefen rings herum und bellten. Sprach der König zu den Jägern: »Seht doch, was dort für ein Wild sich versteckt hat.«

Die Jäger folgten dem Befehl, und als sie wiederkamen, sprachen sie: »In dem hohlen Baum liegt ein wunderliches Tier, wie wir noch niemals eins gesehen haben: an seiner Haut ist tausenderlei Pelz; es liegt aber und schläft.«

Sprach der König: »Seht zu, ob ihrs lebendig fangen könnt, dann bindets auf den Wagen und nehmts mit.«

Als die Jäger das Mädchen anfaßten, erwachte es voll Schrecken und rief ihnen zu: »Ich bin ein armes Kind, von Vater und Mutter verlassen, erbarmt euch mein und nehmt mich mit.«

Da sprachen sie: »*Allerleirauh,* du bist gut für unsere Küche, komm nur mit, da kannst du die Asche zusammenkehren.«

Also setzten sie es auf den Wagen und fuhren heim in das königliche Schloß. Dort wiesen sie ihm ein Ställchen an unter der Treppe, wo kein Tageslicht hinkam, und sagten: »Rauhtierchen, da kannst du wohnen und schlafen.«

Dann ward es in die Küche geschickt, da trug es Holz und Wasser, schürte das Feuer, rupfte das Federvieh, belas das Gemüs, kehrte die Asche und tat alle schlechte Arbeit.

Da lebte Allerleirauh lange Zeit recht armselig. Ach, du schöne Königstochter, wie solls mit dir noch werden! Es geschah aber einmal, daß ein Fest im Schloß gefeiert ward, da sprach sie zum Koch: »Darf ich ein wenig hinaufgehen und zusehen? Ich will mich außen vor die Türe stellen.«

Antwortete der Koch: »Ja, geh nur hin, aber in einer halben Stunde mußt du wieder hier sein und die Asche zusammentragen.«

Da nahm sie ihr Öllämpchen, ging in ihr Ställchen, zog den Pelzrock aus und wusch sich den Ruß von dem Gesicht und den Händen ab, so daß ihre volle Schönheit wieder an den Tag kam. Dann machte sie die Nuß auf und holte ihr Kleid hervor, das wie die Sonne glänzte. Und wie das geschehen war, ging sie hinauf zum Fest, und alle traten ihr aus dem Weg, denn niemand kannte sie, und meinten nicht anders, als daß es eine Königstochter wäre. Der König aber kam ihr entgegen, reichte ihr die Hand und tanzte mit ihr, und dachte in seinem Herzen: »So schön haben meine Augen noch keine gesehen.«

Als der Tanz zu Ende war, verneigte sie sich, und wie sich der König umsah, war sie verschwunden, und niemand wußte, wohin. Die Wächter, die vor dem Schlosse standen, wurden gerufen und ausgefragt, aber niemand hatte sie erblickt.

Sie war aber in ihr Ställchen gelaufen, hatte geschwind ihr Kleid ausgezogen, Gesicht und Hände schwarz gemacht und den Pelzmantel umgetan, und war wieder Allerleirauh. Als sie nun in die Küche kam und an ihre Arbeit gehen und die Asche zusammenkehren wollte, sprach der Koch: »Laß das gut sein bis morgen und koche mir da die Suppe für den König, ich will auch einmal ein bißchen oben zugucken: aber laß mir kein Haar hineinfallen, sonst kriegst du in Zukunft nichts mehr zu essen.«

Da ging der Koch fort, und Allerleirauh kochte die Suppe für den König, und kochte eine Brotsuppe, so gut es konnte, und wie sie fertig war, holte es in dem Ställchen seinen goldenen Ring und legte ihn in die Schüssel, in welche die Suppe angerichtet ward.

Als der Tanz zu Ende war, ließ sich der König die Suppe bringen und aß sie, und sie schmeckte ihm so gut, daß er meinte, niemals eine bessere Suppe gegessen zu haben. Wie er aber auf den Grund kam, sah er da einen goldenen Ring liegen und konnte nicht begreifen, wie er dahin geraten war. Da befahl er, der Koch sollte vor ihn kommen. Der Koch erschrak, wie er den Befehl hörte, und sprach zu Allerleirauh: »Gewiß hast du ein Haar in die Suppe fallen lassen; wenns wahr ist, so kriegst du Schläge.«

Als er vor den König kam, fragte dieser, wer die Suppe gekocht hätte. Antwortete der Koch: »Ich habe sie gekocht.«

Der König aber sprach: »Das ist nicht wahr, denn sie war auf andere Art und viel besser gekocht als sonst.« Antwortete er: »Ich muß es gestehen, daß ich sie nicht gekocht habe, sondern das Rauhtierchen.« Sprach der König: »Geh und laß es heraufkommen.«

Als Allerleirauh kam, fragte der König: »Wer bist du?«

»Ich bin ein armes Kind, das keinen Vater und Mutter mehr hat.«

Fragte er weiter: »Wozu bist du in meinem Schloß?«

Antwortete es: »Ich bin zu nichts gut, als daß mir die Stiefeln um den Kopf geworfen werden.«

Fragte er weiter: »Wo hast du den Ring her, der in der Suppe war?«

Antwortete es: »Von dem Ring weiß ich nichts.«

Also konnte der König nichts erfahren und mußte es wieder fortschicken.

Über eine Zeit war wieder ein Fest, da bat Allerleirauh den Koch wie vorigesmal um Erlaubnis, zusehen zu dürfen. Antwortete er: »Ja, aber komm in einer halben Stunde wieder und koch dem König die Brotsuppe, die er so gerne ißt.«

Da lief es in sein Ställchen, wusch sich geschwind und nahm aus der Nuß das Kleid, das so silbern war wie der Mond, und tat es an. Dann ging es hinauf, und glich einer Königstochter: und der König trat ihr entgegen und freute sich, daß er sie wiedersah, und weil eben der Tanz anhub, so tanzten sie zusammen. Als aber der Tanz zu Ende war, verschwand sie wieder so schnell, daß der König nicht bemerken konnte, wo sie hinging. Sie sprang aber in ihr Ställchen, und machte sich wieder zum Rauhtierchen, und ging in die Küche, die Brotsuppe zu kochen. Als der Koch oben war, holte es das goldene Spinnrad und tat es in die Schüssel, so daß die Suppe darüber angerichtet wurde. Danach ward sie dem König gebracht, der aß sie, und sie schmeckte ihm so gut wie das vorigemal, und ließ den Koch kommen, der mußte auch diesmal gestehen, daß Allerleirauh die Suppe gekocht hätte. Allerleirauh kam da wieder vor den König, aber sie antwortete, daß sie nur dazu da wäre, daß ihr die Stiefel an den Kopf geworfen würden und daß sie von dem goldenen Spinnrädchen gar nichts wüßte.

Als der König zum drittenmal ein Fest anstellte, da ging es nicht anders als die vorigemale. Der Koch sprach zwar: »Du bist eine Hexe, Rauhtierchen, und tust immer etwas in die Suppe, davon sie so gut wird, und dem König besser schmeckt, als was ich koche«, doch weil es so bat, so ließ er es auf die bestimmte Zeit hingehen. Nun zog es ein Kleid an, das wie die Sterne glänzte, und trat damit in den Saal. Der König tanzte wieder mit der schönen Jungfrau und meinte, daß sie noch niemals so schön gewesen wäre. Und während er tanzte, steckte er ihr, ohne daß sie es merkte, einen goldenen Ring an den Finger, und hatte befohlen, daß der Tanz recht lang währen sollte. Wie er zu Ende war, wollte er sie an den Händen festhalten, aber sie riß sich los und sprang so geschwind unter die Leute, daß sie vor seinen Augen verschwand. Sie lief, was sie konnte, in ihr Ställchen unter der Treppe, weil sie aber zu lange und über eine halbe Stunde geblieben war, so konnte sie das schöne Kleid nicht ausziehen, sondern warf nur den Mantel von Pelz darüber, und in der Eile machte sie sich auch nicht ganz rußig, sondern ein Finger blieb weiß. Allerleirauh lief nun in die Küche, kochte dem König die Brotsuppe und legte, wie der Koch fort war, den goldenen Haspel hinein. Der König, als er den Haspel auf dem Grunde fand, ließ Allerleirauh rufen: da erblickte er den weißen Finger und sah den Ring, den er im Tanze ihr angesteckt hatte. Da ergriff er sie an der Hand und hielt sie fest, und als sie sich losmachen und fortspringen wollte, tat sich der Pelzmantel ein wenig auf, und das Sternenkleid schimmerte hervor. Der König faßte den Mantel und riß ihn ab. Da kamen die goldenen Haare hervor und sie stand da in voller Pracht und konnte sich nicht länger verbergen. Und als sie Ruß und Asche aus ihrem Gesicht gewischt hatte, da war sie schöner, als man noch jemand auf Erden gesehen hatte. Der König aber sprach: »Du bist meine liebe Braut, und wir scheiden nimmermehr voneinander.«

Darauf ward die Hochzeit gefeiert, und sie lebten vergnügt bis an ihren Tod.

Das Eselein

ES LEBTE EINMAL ein König und eine Königin, die waren reich und hatten alles,
was sie sich wünschten, nur keine Kinder. Darüber klagte sie Tag und Nacht und
sprach: »Ich bin wie ein Acker, auf dem nichts wächst.«

Endlich erfüllte Gott ihre Wünsche: als das Kind aber zur Welt kam, sahs nicht
aus wie ein Menschenkind, sondern war ein junges Eselein. Wie die Mutter das
erblickte, fing ihr Jammer und Geschrei erst recht an, sie hätte lieber gar kein Kind
gehabt als einen Esel, und sagte, man sollt ihn ins Wasser werfen, damit die Fische
ihn fräßen.

Der König aber sprach: »Nein, hat Gott ihn gegeben, soll er auch mein Sohn und
Erbe sein, nach meinem Tod auf dem königlichen Thron sitzen und die königliche
Krone tragen.«

Also ward das Eselein aufgezogen, nahm zu, und die Ohren wuchsen ihm auch fein hoch und grad hinauf. Es war aber sonst fröhlicher Art, sprang herum, spielte und hatte besonders seine Lust an der Musik, so daß es zu einem berühmten Spielmann ging und sprach: »Lehre mich deine Kunst, daß ich so gut die Laute schlagen kann als du.«

»Ach, liebes Herrlein«, antwortete der Spielmann, »das sollt Euch schwer fallen, Eure Finger sind nicht allerdings dazu gemacht und gar zu groß; ich sorge, die Saiten haltens nicht aus.«

Es half keine Ausrede, das Eselein wollte und mußte die Laute schlagen, war beharrlich und fleißig und lernte es am Ende so gut als sein Meister selber.

Einmal ging das junge Herrlein nachdenksam spazieren und kam an einen Brunnen, da schaute es hinein und sah im spiegelhellen Wasser seine Eseleinsgestalt. Darüber ward es so betrübt, daß es in die weite Welt ging und nur einen treuen Gesellen mitnahm. Sie zogen auf und ab, zuletzt kamen sie in ein Reich, wo ein alter König herrschte, der nur eine einzige, aber wunderschöne Tochter hatte. Das Eselein sagte: »Hier wollen wir weilen«, klopfte am Tor und rief: »Es ist ein Gast haußen, macht auf, damit er eingehen kann.«

Als aber nicht aufgetan ward, setzte er sich hin, nahm seine Laute und schlug sie mit seinen zwei Vorderfüßen aufs lieblichste. Da sperrte der Türhüter gewaltig die Augen auf, lief zum König und sprach: »Da draußen sitzt ein junges Eselein vor dem Tor, das schlägt die Laute so gut als ein gelernter Meister.«

»So laß mir den Musikant hereinkommen«, sprach der König.

Wie aber ein Eselein hereintrat, fing alles an über den Lautenschläger zu lachen. Nun sollte das Eselein unten zu den Knechten gesetzt und gespeist werden, es ward aber unwillig und sprach: »Ich bin kein gemeines Stalleselein, ich bin ein vornehmes.«

Da sagten sie: »Wenn du das bist, so setze dich zu dem Kriegsvolk.«

»Nein«, sprach es, »ich will beim König sitzen.«

Der König lachte und sprach in gutem Mut: »Ja, es soll so sein, wie du verlangst, Eselein, komm her zu mir.« Danach frage er: »Eselein, wie gefällt dir meine Tochter?« Das Eselein drehte den Kopf nach ihr, schaute sie an, nickte und sprach: »Aus der Maßen wohl, sie ist so schön, wie ich noch keine gesehen habe.«

»Nun, so sollst du auch neben ihr sitzen«, sagte der König.

»Das ist mir eben recht«, sprach das Eselein und setzte sich an ihre Seite, aß und trank und wußte sich fein und säuberlich zu betragen.

Als das edle Tierlein eine gute Zeit an des Königs Hof geblieben war, dachte es: »Was hilft das alles, du mußt wieder heim«, ließ den Kopf traurig hängen, trat vor den König und verlangte seinen Abschied. Der König hatte es aber lieb gewonnen und sprach: »Eselein, was ist dir? du schaust ja sauer wie ein Essigkrug: bleib bei mir, ich will dir geben, was du verlangst. Willst du Gold?«

»Nein«, sagte das Eselein und schüttelte mit dem Kopf.

»Willst du Kostbarkeiten und Schmuck?«

»Nein.«

»Willst du mein halbes Reich?«

»Ach nein.«

Da sprach der König: »Wenn ich nur wüßte, was dich vergnügt machen könnte: willst du meine schöne Tochter zur Frau?«

»Ach ja«, sagte das Eselein, »die möchte ich wohl haben«, war auf einmal ganz lustig und guter Dinge, denn das wars gerade, was er sich gewünscht hatte.

Also ward eine große und prächtige Hochzeit gehalten. Abends, wie Braut und Bräutigam in ihr Schlafkämmerlein geführt wurden, wollte der König wissen, ob sich das Eselein auch fein artig und manierlich betrüge, und hieß einen Diener sich dort verstecken. Wie sie nun beide drinnen waren, schob der Bräutigam den Riegel vor die Türe, blickte sich um, und wie er glaubte, daß sie ganz allein wären, da warf er auf einmal seine Eselshaut ab und stand da als ein schöner königlicher Jüngling.

»Nun siehst du«, sprach er, »wer ich bin, und siehst auch, daß ich deiner nicht unwert war.«

Da ward die Braut froh, küßte ihn und hatte ihn von Herzen lieb. Als aber der Morgen herankam, sprang er auf, zog seine Tierhaut wieder über, und hätte kein Mensch gedacht, was für einer dahintersteckte. Bald kam auch der alte König gegangen.

»Ei«, rief er, »ist das Eselein schon munter! Du bist wohl recht traurig«, sagte er zu seiner Tochter, »daß du keinen ordentlichen Menschen zum Mann bekommen hast?«

»Ach nein, lieber Vater, ich habe ihn so lieb, als wenn er der allerschönste wäre, und will ihn mein Lebtag behalten.«

Der König wunderte sich, aber der Diener, der sich versteckt hatte, kam und offenbarte ihm alles. Der König sprach: »Das ist nimmermehr wahr.«

»So wacht selber die folgende Nacht, Ihr werdets mit eigenen Augen sehen, und wißt Ihr was, Herr König, nehmt ihm die Haut weg und werft sie ins Feuer, so muß er sich wohl in seiner rechten Gestalt zeigen.«

»Dein Rat ist gut«, sprach der König, und abends, als sie schliefen, schlich er sich hinein, und wie er zum Bett kam, sah er im Mondschein einen stolzen Jüngling da ruhen, und die Haut lag abgestreift auf der Erde. Da nahm er sie weg und ließ

draußen ein gewaltiges Feuer anmachen und die Haut hineinwerfen, und blieb selber dabei, bis sie ganz zu Asche verbrannt war. Weil er aber sehen wollte, wie sich der Beraubte anstellen würde, blieb er die Nacht über wach und lauschte.

Als der Jüngling ausgeschlafen hatte, beim ersten Morgenschein, stand er auf und wollte die Eselshaut anziehen, aber sie war nicht zu finden. Da erschrak er und sprach voll Trauer und Angst: »Nun muß ich sehen, daß ich entfliehe.«

Wie er hinaustrat, stand aber der König da und sprach: »Mein Sohn, wohin so eilig, was hast du im Sinn? Bleib hier, du bist ein so schöner Mann, du sollst nicht wieder von mir. Ich gebe dir jetzt mein Reich halb, und nach meinem Tode bekommst du es ganz.«

»So wünsch ich, daß der gute Anfang auch ein gutes Ende nehme«, sprach der Jüngling, »ich bleibe bei Euch.«

Da gab ihm der Alte das halbe Reich, und als er nach einem Jahr starb, hatte er das ganze, und nach dem Tode seines Vaters noch eins dazu, und lebte in aller Herrlichkeit.

Das Meerhäschen

ES WAR EINMAL eine Königstochter, die hatte in ihrem Schloß hoch unter der Zinne einen Saal mit zwölf Fenstern, die gingen nach allen Himmelsgegenden, und wenn sie hinaufstieg und umherschaute, so konnte sie ihr ganzes Reich übersehen. Aus dem ersten sah sie schon schärfer als andere Menschen, in dem zweiten noch besser, in dem dritten noch deutlicher und so immer weiter bis in dem zwölften, wo sie alles sah, was über und der Erde war und ihr nichts verborgen bleiben konnte. Weil sie aber stolz war, sich niemand unterwerfen wollte und die Herrschaft allein behalten, so ließ sie bekanntmachen, es sollte niemand ihr Gemahl werden, der sich nicht so vor ihr verstecken könnte, daß es ihr unmöglich wäre, ihn zu finden. Wer es aber versuche und sie entdecke ihn, so werde ihm das

Haupt abgeschlagen und auf einen Pfahl gesteckt. Es standen schon siebenundneunzig Pfähle mit toten Häuptern vor dem Schloß, und in langer Zeit meldete sich niemand. Die Königstochter war vergnügt und dachte: Ich werde für mein Lebtag frei bleiben. Da erschienen drei Brüder vor ihr und kündigten ihr an, daß sie ihr Glück versuchen wollten. Der Älteste glaubte sicher zu sein, wenn er in ein Kalkloch krieche, aber sie erblickte ihn schon aus dem ersten Fenster, ließ ihn herausziehen und ihm das Haupt abschlagen. Der zweite kroch in den Keller des Schlosses, aber auch diesen erblickte sie aus dem ersten Fenster, und es war um ihn geschehen: sein Haupt kam auf den neunundneunzigsten Pfahl. Da trat der Jüngste vor sie hin und bat, sie möchte ihm einen Tag Bedenkzeit geben, auch so gnädig sein, es ihm zweimal zu schenken, wenn sie ihn entdecke; mißlinge es ihm zum drittenmal, so wolle er sich nichts mehr aus seinem Leben machen. Weil er so schön war und so herzlich bat, so sagte sie: »Ja, ich will dir das bewilligen, aber es wird dir nicht glücken.«

Den folgenden Tag sann er lange nach, wie er sich verstecken wollte, aber es war vergeblich. Da ergriff er seine Büchse und ging hinaus auf die Jagd. Er sah einen Raben und nahm ihn aufs Korn; eben wollte er losdrücken, da rief der Rabe: »Schieß nicht, ich will dir's vergelten!«

Er setzte ab, ging weiter und kam an einen See, wo er einen großen Fisch überraschte, der aus der Tiefe herauf an die Oberfläche des Wassers gekommen war. Als er angelegt hatte, rief der Fisch: »Schieß nicht, ich will dir's vergelten!«

Er ließ ihn untertauchen, ging weiter und begegnete einem Fuchs, der hinkte. Er schoß und verfehlte ihn, da rief der Fuchs: »Komm lieber her und zieh mir den Dorn aus dem Fuß!«

Er tat es zwar, wollte aber dann den Fuchs töten und ihm den Balg abziehen. Der Fuchs sprach: »Laß ab, ich will dir's vergelten!«

Der Jüngling ließ ihn laufen, und da es Abend war, kehrte er heim.

Am andern Tag sollte er sich verkriechen, aber wie er sich auch den Kopf darüber zerbrach, er wußte nicht wohin. Er ging in den Wald zu dem Raben und sprach: »Ich habe dich leben lassen, jetzt sage mir, wohin ich mich verkriechen soll, damit mich die Königstochter nicht sieht.«

Der Rabe senkte den Kopf und bedachte sich lange. Endlich schnarrte er: »Ich hab's heraus!« Er holte ein Ei aus seinem Nest, zerlegte es in zwei Teile und schloß den Jüngling hinein, dann machte er es wieder ganz und setzte sich darauf. Als die Königstochter an das erste Fenster trat, konnte sie ihn nicht entdecken, auch nicht in den folgenden, und es fing an, ihr bange zu werden, doch im elften erblickte sie ihn. Sie ließ den Raben schießen, das Ei holen und zerbrechen, und der Jüngling mußte herauskommen.

Sie sprach: »Einmal ist es dir geschenkt, wenn du es nicht besser machst, so bist du verloren.«

Am folgenden Tag ging er an die See, rief den Fisch herbei und sprach: »Ich habe dich leben lassen, nun sage, wohin soll ich mich verbergen, damit mich die Königstochter nicht sieht.«

Der Fisch besann sich, endlich rief er: »Ich hab's heraus! Ich will dich in meinen Bauch verschließen.« Er verschluckte ihn und fuhr hinab auf den Grund des Sees. Die Königstochter blickte durch ihre Fenster, auch im elften sah sie ihn nicht und war bestürzt, doch endlich im zwölften entdeckte sie ihn. Sie ließ den Fisch fangen und töten, und der Jüngling kam zum Vorschein. Es kann sich jeder denken, wie ihm zumut war. Sie sprach: »Zweimal ist dir's geschenkt, aber dein Haupt wird wohl auf den hundertsten Pfahl kommen.«

An dem letzten Tag ging er mit schwerem Herzen aufs Feld und begegnete dem Fuchs.

»Du weißt alle Schlupfwinkel zu finden«, sprach er, »ich habe dich leben lassen, jetzt rat mir, wohin ich mich verstecken soll, damit mich die Königstochter nicht findet.«

»Ein schweres Stück«, antwortete der Fuchs und machte ein bedenkliches Gesicht. Endlich rief er: »Ich hab's heraus.«

Er ging mit ihm zu einer Quelle, tauchte sich ein und kam als ein Marktkrämer und Tierhändler heraus. Der Jüngling mußte sich auch in das Wasser tauchen und ward in ein kleines Meerhäschen verwandelt. Der Kaufmann zog in die Stadt und zeigte das artige Tierchen. Es lief viel Volk zusammen, um es anzusehen. Zuletzt kam auch die Königstochter, und weil sie großen Gefallen daran hatte, kaufte sie es und gab dem Kaufmann viel Geld dafür. Bevor er es ihr hinreichte, sagte er zu ihm: »Wenn die Königstochter ans Fenster geht, so krieche schnell unter ihren Zopf.« Nun kam die Zeit, wo sie ihn suchen sollte. Sie trat nach der Reihe an die Fenster, vom ersten bis zum elften, und sah ihn nicht. Als sie ihn auch bei dem zwölften nicht sah, war sie voll Angst und Zorn und schlug es so gewaltig zu, daß das Glas in allen Fenstern in tausend Stücke zersprang und das ganze Schloß erzitterte.

Sie ging zurück und fühlte das Meerhäschen unter ihrem Zopf, da packte sie es, warf es zu Boden und rief: »Fort, mir aus den Augen!«

Es lief zum Kaufmann, und beide eilten zur Quelle, wo sie sich untertauchten und ihre wahre Gestalt zurückerhielten. Der Jüngling dankte dem Fuchs und sprach:

»Der Rabe und der Fisch sind blitzdumm gegen dich, du weißt die rechten Pfiffe, das muß wahr sein!«

Der Jüngling ging geradezu in das Schloß. Die Königstochter wartete schon auf ihn und fügte sich ihrem Schicksal. Die Hochzeit ward gefeiert, und er war jetzt der König und Herr des ganzen Reichs. Er erzählte ihr niemals, wohin er sich zum drittenmal versteckt und wer ihm geholfen hatte, und so glaubte sie, er habe alles aus eigener Kunst getan, und hatte Achtung vor ihm, denn sie dachte bei sich: Der kann doch mehr als du!

Hänsel und Gretel

VOR EINEM GROSSEN WALDE wohnte ein armer Holzhacker mit seiner Frau und seinen zwei Kindern; das Bübchen hieß Hänsel und das Mädchen Gretel. Er hatte wenig zu beißen und zu brechen, und einmal, als große Teuerung ins Land kam, konnte er auch das tägliche Brot nicht mehr schaffen. Wie er sich nun abends im Bette Gedanken machte und sich vor Sorgen herumwälzte, seufzte er und sprach zu seiner Frau: »Was soll aus uns werden? Wie können wir unsere armen Kinder ernähren, da wir für uns selbst nichts mehr haben?«

»Weißt du was, Mann«, antwortete die Frau, »wir wollen morgen in aller Frühe die Kinder hinaus in den Wald führen, wo er am dicksten ist; da machen wir ihnen ein Feuer an und geben jedem noch ein Stückchen Brot, dann gehen wir an unsere Arbeit und lassen sie allein. Sie finden den Weg nicht wieder nach Hause, und wir sind sie los.«

»Nein, Frau«, sagte der Mann, »das tue ich nicht; wie sollt ich's übers Herz bringen, meine Kinder im Walde allein zu lassen, die wilden Tiere würden bald kommen und sie zerreißen.«

»O du Narr«, sagte sie, »dann müssen wir alle viere Hungers sterben, du kannst nur die Bretter für die Särge hobeln«, und ließ ihm keine Ruhe, bis er einwilligte. »Aber die armen Kinder dauern mich doch«, sagte der Mann.

Die zwei Kinder hatten vor Hunger auch nicht einschlafen können und hatten gehört, was die Stiefmutter zum Vater gesagt hatte. Gretel weinte bittere Tränen und sprach zu Hänsel: »Nun ist's um uns geschehen.«

»Still, Gretel«, sprach Hänsel, »gräme dich nicht, ich will uns schon helfen.« Und als die Alten eingeschlafen waren, stand er auf, zog sein Röcklein an, machte die Untertüre auf und schlich sich hinaus. Da schien der Mond ganz helle, und die weißen Kieselsteine, die vor dem Hause lagen, glänzten wie lauter Batzen. Hänsel bückte sich und steckte so viel in sein Rocktäschlein, als nur hinein wollten. Dann ging er wieder zurück, sprach zu Gretel: »Sei getrost, liebes Schwesterchen, und schlaf nur ruhig ein, Gott wird uns nicht verlassen«, und legte sich wieder in sein Bett.

Als der Tag anbrach, noch ehe die Sonne aufgegangen war, kam schon die Frau und weckte die beiden Kinder: »Steht auf, ihr Faulenzer, wir wollen in den Wald gehen und Holz holen.« Dann gab sie jedem ein Stück Brot und sprach: »Da habt ihr etwas für den Mittag, aber eßt's nicht vorher auf, weiter kriegt ihr nichts.«

Gretel nahm das Brot unter die Schürze, weil Hänsel die Steine in der Tasche hatte. Danach machten sie sich alle zusammen auf den Weg nach dem Wald. Als sie ein Weilchen gegangen waren, stand Hänsel still und guckte nach dem Haus zurück und tat das immer wieder und immer wieder. Der Vater sprach: »Hänsel, was guckst du da und bleibst zurück, hab acht und vergiß deine Beine nicht.«

»Ach, Vater«, sagte Hänsel, »ich sehe nach meinem weißen Kätzchen, das sitzt oben auf dem Dach und will mir Ade sagen.«

Die Frau sprach: »Narr, das ist dein Kätzchen nicht, das ist die Morgensonne, die auf den Schornstein scheint.«

Hänsel aber hatte nicht nach dem Kätzchen gesehen, sondern immer einen von den blanken Kieselsteinen aus seiner Tasche auf den Weg geworfen.

Als sie mitten in den Wald gekommen waren, sprach der Vater: »Nun sammelt Holz, ihr Kinder, ich will ein Feuer anmachen, damit ihr nicht friert.«

Hänsel und Gretel trugen Reisig zusammen, einen kleinen Berg hoch. Das Reisig ward angezündet, und als die Flamme recht hoch brannte, sagte die Frau: »Nun legt euch ans Feuer, ihr Kinder, und ruht euch aus, wir gehen in den Wald und hauen Holz. Wenn wir fertig sind, kommen wir wieder und holen euch ab.«

Hänsel und Gretel saßen am Feuer, und als der Mittag kam, aß jedes sein Stücklein Brot. Und weil sie die Schläge der Holzaxt hörten, so glaubten sie, ihr Vater wäre in der Nähe. Es war aber nicht die Holzaxt, es war ein Ast, den er an einen dürren Baum gebunden hatte, und den der Wind hin und her schlug. Und als sie so lange gesessen hatten, fielen ihnen die Augen vor Müdigkeit zu, und sie schliefen fest ein. Als sie endlich erwachten, war es schon finstere Nacht. Gretel fing an zu weinen und sprach: »Wie sollen wir nun aus dem Wald kommen!«

Hänsel aber tröstete sie: »Wart nur ein Weilchen, bis der Mond aufgegangen ist, dann wollen wir den Weg schon finden.« Und als der volle Mond aufgestiegen war, so nahm Hänsel sein Schwesterchen an der Hand und ging den Kieselsteinen nach, die schimmerten wie neugeschlagene Batzen und zeigten ihnen den Weg. Sie gingen die ganze Nacht hindurch und kamen bei anbrechendem Tag wieder zu ihres Vaters Haus. Sie klopften an die Tür, und als die Frau aufmachte und sah, daß es Hänsel und Gretel war, sprach sie: »Ihr bösen Kinder, was habt ihr so lange im Walde geschlafen, wir haben geglaubt, ihr wolltet gar nicht wiederkommen.«

Der Vater aber freute sich, denn es war ihm zu Herzen gegangen, daß er sie so allein zurückgelassen hatte.

Nicht lange danach war wieder Not in allen Ecken, und die Kinder hörten, wie die Mutter nachts im Bette zu dem Vater sprach: »Alles ist wieder aufgezehrt, wir haben noch einen halben Laib Brot, hernach hat das Lied ein Ende. Die Kinder müssen fort, wir wollen sie tiefer in den Wald hineinführen, damit sie den Weg nicht wieder heraus finden; es ist sonst keine Rettung für uns.«

Dem Mann fiel's schwer aufs Herz und er dachte: Es wäre besser, daß du den letzten Bissen mit deinen Kindern teiltest. Aber die Frau hörte auf nichts, was er sagte, schalt ihn und machte ihm Vorwürfe. Wer A sagt muß auch B sagen, und weil er das erstemal nachgegeben hatte, so mußte er es auch zum zweitenmal.

Die Kinder waren aber noch wach gewesen und hatten das Gespräch mit angehört. Als die Alten schliefen, stand Hänsel wieder auf, wollte hinaus und Kieselsteine auflesen, wie das vorige Mal, aber die Frau hatte die Tür verschlossen, und Hänsel konnte nicht heraus. Aber er tröstete sein Schwesterchen und sprach: »Weine nicht, Gretel, und schlaf nur ruhig, der liebe Gott wird uns schon helfen.«

Am frühen Morgen kam die Frau und holte die Kinder aus dem Bette. Sie erhielten ihr Stückchen Brot, das war aber noch kleiner als das vorige Mal. Auf dem Wege nach dem Wald bröckelte es Hänsel in der Tasche, stand oft still und warf ein Bröcklein auf die Erde.

»Hänsel, was stehst du und guckst dich um«, sagte der Vater, »geh deiner Wege.«

»Ich sehe nach meinem Täubchen, das sitzt auf dem Dache und will mir Ade sagen«, antwortete Hänsel.

»Narr«, sagte die Frau, »das ist dein Täubchen nicht, das ist die Morgensonne, die auf den Schornstein oben scheint.«

Hänsel aber warf nach und nach alle Bröcklein auf den Weg.

Die Frau führte die Kinder noch tiefer in den Wald, wo sie ihr Lebtag noch nicht gewesen waren. Da ward wieder ein großes Feuer angemacht, und die Mutter sagte: »Bleibt nur da sitzen, ihr Kinder, und wenn ihr müde seid, könnt ihr ein wenig schlafen; wir gehen in den Wald und hauen Holz, und abends, wenn wir fertig sind, kommen wir und holen euch ab.«

Als es Mittag war, teilte Gretel ihr Brot mit Hänsel, der sein Stück auf den Weg gestreut hatte. Dann schliefen sie ein, und der Abend verging, aber niemand kam zu den armen Kindern. Sie erwachten erst in der finstern Nacht, und Hänsel tröstete sein Schwesterchen und sagte: »Wart nur, Gretel, bis der Mond aufgeht, dann werden wir die Brotbröcklein sehen, die ich ausgestreut habe, die zeigen uns den Weg nach Haus.«

Als der Mond kam, machten sie sich auf, aber sie fanden keine Bröcklein mehr, denn die vielen tausend Vögel, die im Walde und im Felde umherfliegen, die hatten sie weggepickt. Hänsel sagte zu Gretel: »Wir werden den Weg schon finden«, aber sie fanden ihn nicht. Sie gingen die ganze Nacht und noch einen Tag von Morgen bis Abend, aber sie kamen aus dem Wald nicht heraus, und waren so hungrig, denn sie hatten nichts als die paar Beeren, die auf der Erde standen. Und weil sie so müde

waren, daß die Beine sie nicht mehr tragen wollten, so legten sie sich unter einen Baum und schliefen ein.

Nun war's schon der dritte Morgen, daß sie ihres Vaters Haus verlassen hatten. Sie fingen wieder an zu gehen, aber sie gerieten immer tiefer in den Wald, und wenn nicht bald Hilfe kam, so mußten sie verschmachten. Als es Mittag war, sahen sie ein schönes schneeweißes Vöglein auf einem Ast sitzen, das sang so schön, daß sie stehen blieben und ihm zuhörten. Und als es fertig war, schwang es seine Flügel und flog vor ihnen her, und sie gingen ihm nach, bis sie zu einem Häuschen gelangten, auf dessen Dach es sich setzte, und als sie ganz nah herankamen, so sahen sie, daß das Häuslein aus Brot gebaut war und mit Kuchen gedeckt; aber die Fenster waren von hellem Zucker.

»Da wollen wir uns dran machen«, sprach Hänsel, »und eine gesegnete Mahlzeit halten. Ich will ein Stück vom Dach essen, Gretel, du kannst vom Fenster essen, das schmeckt süß.«

Hänsel reichte in die Höhe und brach sich ein wenig vom Dach ab, um zu versuchen, wie es schmeckte, und Gretel stellte sich an die Scheiben und knuperte daran. Da rief eine feine Stimme aus der Stube heraus:

»Knuper, knuper, kneischen,
  wer knupert an meinem Häuschen?«

Die Kinder antworteten:

»Der Wind, der Wind,
  das himmlische Kind«,

und aßen weiter, ohne sich irre machen zu lassen. Hänsel, dem das Dach sehr gut schmeckte, riß sich ein großes Stück davon herunter, und Gretel stieß eine ganze runde Fensterscheibe heraus, setzte sich nieder und tat sich wohl damit.

Da ging auf einmal die Türe auf, und eine steinalte Frau, die sich auf eine Krücke stützte, kam herausgeschlichen. Hänsel und Gretel erschraken so gewaltig, daß sie fallen ließen, was sie in den Händen hielten. Die Alte aber wackelte mit dem Kopfe und sprach: »Ei, ihr lieben Kinder, wer hat euch hierher gebracht? Kommt nur herein und bleibt bei mir, es geschieht euch kein Leid.« Sie faßte beide an der Hand und führte sie in ihr Häuschen. Da ward gutes Essen aufgetragen, Milch und Pfannkuchen mit Zucker, Äpfel und Nüsse. Hernach wurden zwei schöne Bettlein weiß gedeckt, und Hänsel und Gretel legten sich hinein und meinten, sie wären im Himmel.

Die Alte hatte sich nur so freundlich angestellt, sie war aber eine böse Hexe, die den Kindern auflauerte, und hatte das Brothäuslein bloß gebaut, um sie herbeizulocken. Wenn eins in ihre Gewalt kam, so machte sie es tot, kochte es und aß es, und das war ihr ein Festtag. Die Hexen haben rote Augen und können nicht weit sehen, aber sie haben eine feine Witterung, wie die Tiere, und merken's, wenn Menschen herankommen. Als Hänsel und Gretel in ihre Nähe kamen, da lachte sie boshaft und sprach höhnisch: »Die habe ich, die sollen mir nicht wieder entwischen.«

Frühmorgens, ehe die Kinder erwacht waren, stand sie schon auf, und als sie beide so lieblich ruhen sah, mit den vollen roten Backen, so murmelte sie vor sich hin: »Das wird ein guter Bissen werden.«

Da packte sie Hänsel mit ihrer dürren Hand und trug ihn in einen kleinen Stall und sperrte ihn mit einer Gittertüre ein; er mochte schreien, wie er wollte, es half ihm nichts. Dann ging sie zur Gretel, rüttelte sie wach und rief: »Steh auf, Faulenzerin, trag Wasser und koch deinem Bruder etwas Gutes, der sitzt draußen im Stall und soll fett werden. Wenn er fett ist, so will ich ihn essen.«

Gretel fing an, bitterlich zu weinen, aber es war alles vergeblich, sie mußte tun, was die böse Hexe verlangte.

Nun ward dem armen Hänsel das beste Essen gekocht, aber Gretel bekam nichts als Krebsschalen. Jeden Morgen schlich die Alte zu dem Ställchen und rief: »Hänsel, streck deine Finger heraus, damit ich fühle, ob du bald fett bist.«

Hänsel streckte ihr aber ein Knöchlein heraus, und die Alte, die trübe Augen hatte, konnte es nicht sehen, und meinte, es wären Hänsels Finger und verwunderte sich, daß er gar nicht fett werden wollte. Als vier Wochen herum waren und Hänsel immer mager blieb, da übernahm sie die Ungeduld, und sie wollte nicht länger warten.

»Heda, Gretel«, rief sie dem Mädchen zu, »sei flink und trag Wasser! Hänsel mag fett oder mager sein, morgen will ich ihn schlachten und kochen.«

Ach, wie jammerte das arme Schwesterchen, als es das Wasser tragen mußte, und wie flossen ihm die Tränen über die Backen herunter!

»Lieber Gott, hilf uns doch«, rief sie aus, »hätten uns nur die wilden Tiere im Wald gefressen, so wären wir doch zusammen gestorben.«

»Spar dir dein Geplärre«, sagte die Alte, »es hilft dir alles nichts.«

Frühmorgens mußte Gretel heraus, den Kessel mit Wasser aufhängen und Feuer anzünden.

»Erst wollen wir backen«, sagte die Alte, »ich habe den Backofen schon eingeheizt und den Teig geknetet.« Sie stieß das arme Gretel hinaus zu dem Backofen, aus dem die Feuerflammen schon herausschlugen.

»Kriech hinein«, sagte die Hexe, »und sieh zu, ob recht eingeheizt ist, damit wir das Brot hineinschießen können.« Und wenn Gretel darin war, wollte sie den Ofen zumachen, und Gretel sollte darin braten, und dann wollte sie's auch aufessen. Aber Gretel merkte, was sie im Sinn hatte und sprach: »Ich weiß nicht, wie ich's machen soll; wie komm ich da hinein?«

»Dumme Gans«, sagte die Alte, »die Öffnung ist groß genug, siehst du wohl, ich könnte selbst hinein«, krabbelte heran und steckte den Kopf in den Backofen. Da gab ihr Gretel einen Stoß, daß sie weit hineinfuhr, machte die eiserne Tür zu und schob den Riegel vor. Hu! da fing sie an zu heulen, ganz grauselig; aber Gretel lief fort, und die gottlose Hexe mußte elendiglich verbrennen.

Gretel aber lief schnurstracks zum Hänsel, öffnete sein Ställchen und rief: »Hänsel, wir sind erlöst, die alte Hexe ist tot.«

Da sprang Hänsel heraus wie ein Vogel aus dem Käfig, wenn ihm die Türe aufgemacht wird. Wie haben sie sich gefreut, sind sich um den Hals gefallen, sind herumgesprungen und haben sich geküßt! Und weil sie sich nicht mehr zu fürchten brauchten, so gingen sie in das Haus der Hexe hinein, da standen in allen Ecken Kasten mit Perlen und Edelsteinen.

»Die sind noch besser als Kieselsteine«, sagte Hänsel und steckte in seine Taschen, was hinein wollte, und Gretel sagte: »Ich will auch etwas mit nach Haus bringen«, und füllte sich sein Schürzchen voll.

»Aber jetzt wollen wir fort«, sagte Hänsel, »damit wir aus dem Hexenwald herauskommen.«

Als sie aber ein paar Stunden gegangen waren, gelangten sie an ein großes Wasser. »Wir können nicht hinüber«, sprach Hänsel, »ich seh keinen Steg und keine Brücke.«

»Hier fährt auch kein Schiffchen«, antwortete Gretel, »aber da schwimmt eine weiße Ente, wenn ich die bitte, so hilft sie uns hinüber.« Da rief sie:

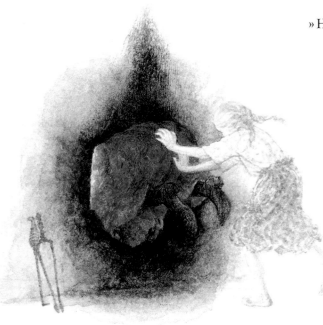

»Entchen, Entchen,
da steht Gretel und Hänsel.
Kein Steg und keine Brücke,
nimm uns auf deinen weißen
    Rücken.«

Das Entchen kam auch heran, und Hänsel setzte sich auf und bat sein Schwesterchen, sich zu ihm zu setzen.

»Nein«, antwortete Gretel, »es wird dem Entchen zu schwer, es soll uns nacheinander hinüberbringen.« Das tat das gute Tierchen, und als sie glücklich drüben waren und ein Weilchen fortgingen, da kam ihnen der Wald immer bekannter und immer bekannter vor, und endlich erblickten sie von weitem ihres Vaters Haus. Da fingen sie an zu laufen, stürzten in die Stube hinein und fielen ihrem Vater um den Hals. Der Mann hatte keine frohe Stunde mehr gehabt, seitdem er die Kinder im Walde gelassen hatte, die Frau aber war gestorben. Gretel schüttelte sein Schürzchen aus, daß die Perlen und Edelsteine in der Stube herumsprangen, und Hänsel warf eine Handvoll nach der anderen aus seiner Tasche dazu. Da hatten alle Sorgen ein Ende, und sie lebten in lauter Freude zusammen. Mein Märchen ist aus, dort läuft eine Maus, wer sie fängt, darf sich eine große, große Pelzkappe daraus machen.

Der Geist im Glas

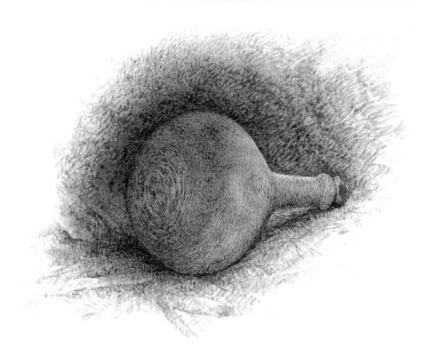

ES WAR EINMAL ein armer Holzhacker, der arbeitete vom Morgen bis in die späte Nacht hinein. Als er sich endlich etwas Geld zusammengespart hatte, sprach er zu seinem Jungen: »Du bist mein einziges Kind, ich will das Geld, das ich mit saurem Schweiß erworben habe, zu deinem Unterricht verwenden. Lernst du etwas Rechtes, so kannst du mich im Alter ernähren, wenn meine Glieder steif geworden sind und ich daheim sitzen muß.«

Da ging der Junge auf eine Hohe Schule und lernte fleißig, so daß ihn seine Lehrer rühmten, und blieb eine Zeitlang dort. Als er ein paar Schulen durchgemacht hatte, aber doch noch nicht in allem vollkommen war, da war das bißchen Geld, das der Vater erworben hatte, draufgegangen, und er mußte wieder zu ihm heimkehren.

»Ach«, sprach der Vater betrübt, »ich kann dir nichts mehr geben und bei der Teuerung auch keinen Heller mehr verdienen als das tägliche Brot.«

»Lieber Vater«, antwortete der Sohn, »macht Euch darüber keine Gedanken! Wenn's Gottes Wille ist, so wird's zu meinem Besten ausschlagen; ich will mich schon dreinfügen.«

Als der Vater in den Wald hinaus wollte, um etwas am Zurichten des Holzes zu verdienen, sprach der Sohn: »Ich will mit Euch gehen und Euch helfen.«

»Ja, mein Sohn«, sagte der Vater, »das wird dir aber wohl zu schwer sein, du bist an harte Arbeit nicht gewöhnt, du hältst das nicht aus. Ich habe auch nur eine Axt und kein Geld übrig, um noch eine zweite zu kaufen.«

»Geht nur zum Nachbar«, antwortete der Sohn, »der leiht Euch seine Axt so lange, bis ich mir selbst eine verdient habe.«

Da borgte sich der Vater beim Nachbar eine Axt, und am andern Morgen, bei Anbruch des Tages, gingen sie zusammen in den Wald hinaus. Der Sohn half dem Vater und war ganz munter und frisch dabei. Als nun die Sonne über ihnen stand, sprach der Vater: »Wir wollen rasten und Mittag halten, hernach geht's noch einmal so gut.«

Der Sohn nahm sein Brot in die Hand und sprach: »Ruht Euch nur aus, Vater, ich bin nicht müde, ich will in dem Wald ein wenig auf und ab gehen und Vogelnester suchen.«

»O du Narr«, sprach der Vater, »was willst du da herumlaufen, hernach bist du müde und kannst den Arm nicht mehr aufheben; bleib hier und setze dich zu mir!«

Der Sohn aber ging in den Wald, aß sein Brot, war ganz fröhlich und sah in die grünen Zweige hinein, ob er nirgends ein Nest entdeckte. So ging er hin und her, bis er endlich zu einer großen Eiche kam, die gewiß schon viele hundert Jahre alt war und die keine fünf Menschen umspannt hätten. Er blieb stehen, sah sie an und dachte: Es muß doch mancher Vogel sein Nest hineingebaut haben.

Da kam es ihm auf einmal vor, als höre er eine Stimme. Er horchte und vernahm, wie es mit recht dumpfem Ton rief: »Laß mich heraus, laß mich heraus!«

Er sah sich rings um, konnte aber nichts sehen, doch es war ihm, als ob die Stimme unten aus der Erde hervorkäme.

Da rief er: »Wo bist du?«

Die Stimme antwortete: »Ich stecke da unten bei den Eichwurzeln. Laß mich heraus, laß mich heraus!«

Der Schüler fing an, unter dem Baum zu graben und bei den Wurzeln zu suchen, bis er endlich in einer kleinen Höhlung eine Glasflasche fand. Er hob sie in die Höhe und hielt sie gegen das Licht, da sah er ein Ding, das wie ein Frosch aussah; das sprang darin auf und nieder.

»Laß mich heraus, laß mich heraus!« rief's von neuem, und der Schüler, der an nichts Böses dachte, nahm den Pfropfen von der Flasche ab. Sogleich stieg ein Geist heraus und fing an zu wachsen und wuchs so schnell, daß er in wenigen Augen-

blicken als ein entsetzlicher Kerl, so groß wie der halbe Baum, vor dem Schüler stand.

»Weißt du«, rief er mit einer fürchterlichen Stimme, »was dein Lohn dafür ist, daß du mich herausgelassen hast?«

»Nein«, antwortete der Schüler ohne Furcht, »wie soll ich das wissen?«

»So will ich dir's sagen«, rief der Geist; »den Hals muß ich dir dafür brechen.«

»Das hättest du mir früher sagen sollen«, antwortete der Schüler, »dann hätte ich dich stecken lassen; mein Kopf aber soll wohl festsitzen!«

»Deinen verdienten Lohn, den sollst du haben«, rief der Geist. »Denkst du, ich wäre aus Gnade da so lange Zeit eingeschlossen worden? Nein, es war zu meiner Strafe. Ich bin der großmächtige Merkurius, wer mich losläßt, dem muß ich den Hals brechen.«

»Nur langsam!« antwortete der Schüler; »so geschwind geht das nicht! Erst muß ich auch wissen, daß du wirklich in der kleinen Flasche gesessen und daß du der rechte Geist bist; kannst du auch wieder hinein, so will ich's dir glauben, und dann magst du mit mir anfangen, was du willst.«

Der Geist sprach voll Hochmut: »Das ist keine Kunst«, zog sich zusammen und machte sich so dünn und klein, wie er anfangs gewesen war, so daß er durch dieselbe Öffnung und durch den Hals der Flasche wieder hineinkroch. Kaum aber war er darin, so drückte der Schüler den abgezogenen Pfropfen wieder auf und stellte die Flasche unter die Eichwurzeln an ihren alten Platz, und der Geist war betrogen.

Nun wollte der Schüler zu seinem Vater zurückgehen, aber der Geist rief ganz kläglich: »Ach, laß mich doch heraus, laß mich doch heraus!«

»Nein«, antwortete der Schüler, »zum zweitenmal nicht; wer mir einmal nach dem Leben gestrebt hat, den lass' ich nicht los, wenn ich ihn wieder eingefangen habe.«

»Wenn du mich freimachst«, rief der Geist, »so will ich dir so viel geben, daß du dein Lebtag genug hast.«

»Nein«, antwortete der Schüler, »du würdest mich betrügen wie das erste Mal.«

»Du verscherzest dein Glück«, sprach der Geist, »ich will dir nichts tun, sondern dich reichlich belohnen.«

Der Schüler dachte: Ich will's wagen; vielleicht hält er Wort, ich will schon sehen, daß er mir nichts zuleide tut.

Da nahm er den Pfropfen ab, der Geist stieg wie das vorige Mal heraus, dehnte sich auseinander und wurde groß wie ein Riese. »Nun sollst du deinen Lohn haben«, sprach er, reichte dem Schüler einen kleinen Lappen, der wie ein Pflaster aussah, und sagte: »Wenn du mit dem einen Ende eine Wunde bestreichst, so heilt sie, und wenn du mit dem anderen Ende Stahl und Eisen bestreichst, so wird es in Silber verwandelt.«

»Das muß ich erst versuchen«, sprach der Schüler, ging zu einem Baum, ritzte die Rinde mit seiner Axt und bestrich sie mit dem einen Ende des Pflasters; sogleich schloß sie sich wieder zusammen und war geheilt.

»Nun, es hat seine Richtigkeit«, sprach er zum Geist, »jetzt können wir uns trennen.« Der Geist dankte ihm für seine Erlösung, und der Schüler dankte ihm für sein Geschenk und ging zurück zu seinem Vater.

»Wo bist du herumgelaufen?« fragte der Vater, »warum hast du deine Arbeit vergessen? Ich habe es ja gleich gesagt, daß du nichts zustande bringen wirst.«

»Seid nicht böse, Vater, ich will's nachholen.«

»Ja, nachholen«, sprach der Vater zornig, »das ist nicht so leicht.«

»Gebt acht, Vater, den Baum da will ich gleich umhauen, daß es krachen soll.«

Da nahm er sein Pflaster, bestrich die Axt damit und tat einen gewaltigen Hieb. Aber weil das Eisen in Silber verwandelt war, so verlor die Schneide jede Schärfe.

»Ei, Vater, seht einmal, was habt Ihr mir für eine schlechte Axt gegeben, die ist ja ganz schief geworden.«

Da erschrak der Vater und sprach: »Ach, was hast du gemacht! Nun muß ich die Axt bezahlen und weiß nicht womit; das ist der Nutzen, den ich von deiner Arbeit habe.«

»Werdet nicht bös!« antwortete der Sohn, »die Axt will ich schon bezahlen.«

»O du Dummkopf«, rief der Vater, »womit willst du sie bezahlen? Du hast nichts, als was ich dir gebe; das sind Studentenkniffe, die dir im Kopf stecken, aber vom Holzhacken verstehst du nichts.«

Nach einer Weile sprach der Schüler: »Vater, ich kann doch nichts mehr arbeiten, wir wollen lieber Feierabend machen und heimgehen!«

»Ei, was«, antwortete er, »meinst du, ich wollte die Hände in den Schoß legen wie du? Ich muß noch arbeiten, aber du kannst dich heimpacken.«

»Vater, ich bin zum erstenmal hier in dem Wald, ich weiß den Weg nicht allein, geht doch mit mir!«

Weil sich der Zorn gelegt hatte, ließ der Vater sich endlich bereden und ging mit ihm heim. Da sprach er zum Sohn: »Geh und verkaufe die verdorbene Axt und schau, was du dafür kriegst; das übrige muß ich verdienen, um sie dem Nachbarn zu bezahlen.«

Der Sohn nahm am nächsten Tag die Axt und trug sie in die Stadt zu einem Goldschmied. Der probierte sie, legte sie auf die Waage und sprach: »Sie ist vierhundert Taler wert; so viel habe ich nicht bar.«

Der Schüler sprach: »Gebt mir, was Ihr habt, das übrige will ich Euch borgen.«

Der Goldschmied gab ihm dreihundert Taler und blieb einhundert schuldig. Darauf ging der Schüler heim und berichtete: »Vater, ich habe Geld, geht und fragt, was der Nachbar für die Axt haben will.«

»Das weiß ich schon«, antwortete der Alte, »einen Taler sechs Groschen.«

»So gebt ihm zwei Taler zwölf Groschen, das ist das Doppelte und ist genug. Seht Ihr, ich habe Geld im Überfluß!« Dabei gab er dem Vater einhundert Taler und sprach: »Es soll Euch nichts mehr fehlen, lebt nach Eurer Bequemlichkeit.«

»Mein Gott«, sprach der Alte, »wie bist du zu dem Reichtum gekommen?« Da erzählte ihm der Sohn, wie alles zugegangen war, und wie er im Vertrauen auf sein Glück einen so reichen Fang getan hatte. Mit dem übrigen Geld aber zog er wieder auf die Hohe Schule und lernte weiter, und weil er mit seinem Pflaster alle Wunden heilen konnte, wurde er der berühmteste Doktor auf der ganzen Welt.

Einäuglein, Zweiäuglein und Dreiäuglein

ES WAR EINE FRAU, die hatte drei Töchter, davon hieß die älteste *Einäuglein*, weil sie nur ein einziges Auge mitten auf der Stirn hatte, und die mittelste *Zweiäuglein*, weil sie zwei Augen wie andere Menschen, und die jüngste *Dreiäuglein*, weil sie drei Augen hatte, und das dritte stand bei ihr gleichfalls mitten auf der Stirne. Darum aber, daß Zweiäuglein nicht anders aussah als andere Menschenkinder, konnten es die Schwestern und die Mutter nicht leiden. Sie sprachen zu ihm: »Du mit deinen zwei Augen bist nicht besser als das gemeine Volk, du gehörst nicht zu uns.«

Sie stießen es herum und warfen ihm schlechte Kleider hin und gaben ihm nicht mehr zu essen, als was sie übrigließen, und taten ihm Herzeleid an, wo sie nur konnten.

Es trug sich zu, daß Zweiäuglein hinaus ins Feld gehen und die Ziege hüten mußte, aber noch ganz hungrig war, weil ihm seine Schwestern so wenig zu essen gegeben hatten. Da setzte es sich auf einen Rain und fing an zu weinen und so zu weinen, daß zwei Bächlein aus seinen Augen herabflossen. Und wie es in seinem Jammer einmal aufblickte, stand eine Frau neben ihm, die fragte: »Zweiäuglein, was weinst du?«

Zweiäuglein antwortete: »Soll ich nicht weinen? Weil ich zwei Augen habe, wie andere Menschen, so können mich meine Schwestern und meine Mutter nicht leiden, stoßen mich aus einer Ecke in die andere, werfen mir alte Kleider hin und geben mir nichts zu essen, als was sie übriglassen. Heute haben sie mir so wenig gegeben, daß ich noch ganz hungrig bin.«

Sprach die weise Frau: »Zweiäuglein, trockne dir dein Angesicht, ich will dir etwas sagen, daß du nicht mehr hungern sollst. Sprich nur zu deiner Ziege:

›Zicklein, meck,
Tischlein, deck‹,

so wird ein sauber gedecktes Tischlein vor dir stehen und das schönste Essen darauf, daß du essen kannst soviel du Lust hast. Und wenn du satt bist und das Tischlein nicht mehr brauchst, so sprich nur:

›Zicklein, meck,
Tischlein, weg‹,

so wird's vor deinen Augen wieder verschwinden.« Darauf ging die weise Frau fort. Zweiäuglein aber dachte: Ich muß gleich einmal versuchen, ob es wahr ist, was sie gesagt hat, denn mich hungert gar zu sehr, und sprach:

»Zicklein, meck,
Tischlein, deck«,

und kaum hatte sie die Worte ausgesprochen, so stand da ein Tischlein mit einem weißen Tüchlein gedeckt, darauf ein Teller mit Messer und Gabel und silbernem Löffel, die schönsten Speisen standen herum, rauchten und waren noch warm, als wären sie eben aus der Küche gekommen. Da sagte Zweiäuglein das kürzeste Gebet her, das es wußte: »Herr Gott, sei unser Gast zu aller Zeit. Amen«, langte zu und ließ sich's wohlschmecken. Und als es satt war, sprach es, wie die weise Frau gelehrt hatte:

»Zicklein, meck
Tischlein, weg.«

Alsbald war das Tischchen und alles, was darauf stand, wieder verschwunden. Das ist ein schöner Haushalt, dachte Zweiäuglein und war ganz vergnügt und guter Dinge.

Abends, als es mit seiner Ziege heimkam, fand es ein irdenes Schüsselchen mit Essen, das ihm die Schwestern hingestellt hatten, aber es rührte es nicht an. Am andern Tag zog es mit seiner Ziege wieder hinaus und ließ die paar Brocken, die ihm gereicht wurden, liegen. Das erstemal und das zweitemal beachteten es die Schwestern gar nicht, wie es aber jedesmal geschah, merkten sie auf und sprachen: »Es ist nicht richtig mit dem Zweiäuglein, das läßt jedesmal das Essen stehen und hat doch sonst alles aufgezehrt, was ihm gereicht wurde: das muß andere Wege gefunden haben.«

Damit sie aber hinter die Wahrheit kämen, sollte Einäuglein mitgehen, wenn Zweiäuglein die Ziege auf die Weide trieb, und sollte achten, was es da vorhätte und ob ihm jemand etwas Essen und Trinken brächte.

Als nun Zweiäuglein sich wieder aufmachte, trat Einäuglein zu ihm und sprach: »Ich will mit ins Feld und sehen, daß die Ziege auch recht gehütet und ins Futter getrieben wird.«

Aber Zweiäuglein merkte, was Einäuglein im Sinn hatte, und trieb die Ziege hinaus in hohes Gras und sprach: »Komm, Einäuglein, wir wollen uns hinsetzen, ich will dir was vorsingen.« Einäuglein setzte sich hin und war von dem ungewohnten Weg und von der Sonnenhitze müde und Zweiäuglein sang immer:

»Einäuglein, wachst du?
Einäuglein, schläfst du?«

Da tat Einäuglein das eine Auge zu und schlief ein. Und als Zweiäuglein sah, daß Einäuglein fest schlief und nichts verraten konnte, sprach es:

»Zicklein, meck,
Tischlein, deck«,

und setzte sich an sein Tischlein und aß und trank bis es satt war, dann rief es wieder:

»Zicklein, meck,
Tischlein, weg«,

und alles war augenblicklich verschwunden. Zweiäuglein weckte nun Einäuglein und sprach: »Einäuglein, du willst hüten und schläfst dabei ein, derweil hätte die Ziege in alle Welt laufen können; komm, wir wollen nach Haus gehen.«

Da gingen sie nach Haus, und Zweiäuglein ließ wieder sein Schüsselchen unangerührt stehen, und Einäuglein konnte der Mutter nichts verraten, warum es nicht essen wollte, und sagte zu seiner Entschuldigung: »Ich war draußen eingeschlafen.«

Am andern Tag sprach die Mutter zu Dreiäuglein: »Diesmal sollst du mitgehen und achthaben, ob Zweiäuglein draußen ißt und ob ihm jemand Essen und Trinken bringt, denn essen und trinken muß es heimlich.«

Da trat Dreiäuglein zu Zweiäuglein und sprach: »Ich will mitgehen und sehen, ob auch die Ziege recht gehütet und ins Futter getrieben wird.«

Aber Zweiäuglein merkte, was Dreiäuglein im Sinne hatte, und trieb die Ziege hinaus ins hohe Gras und sprach: »Wir wollen uns dahin setzen, Dreiäuglein, ich will dir etwas vorsingen.« Dreiäuglein setzte sich und war müde von dem Weg und der Sonnenhitze, und Zweiäuglein hub wieder das vorige Liedlein an und sang:

»Dreiäuglein, wachst du?«

Aber statt daß es nun singen mußte:

»Dreiäuglein, schläfst du?«

sang es aus Unbedachtsamkeit:

»*Zweiäuglein*, schläfst du?«

und sang immer:

»Dreiäuglein, wachst du?
Zweiäuglein, schläfst du?«

Da fielen dem Dreiäuglein seine zwei Augen zu und schliefen, aber das dritte, weil es von dem Sprüchlein nicht angeredet war, schlief nicht ein. Zwar tat es Dreiäuglein zu, aber nur aus List, gleich als schlief es auch damit, doch blinzelte es und konnte alles gar wohl sehen. Und als Zweiäuglein meinte, Dreiäuglein schliefe fest, sagte es sein Sprüchlein:

»Zicklein, meck,
Tischlein, deck«,

aß und trank nach Herzenslust und hieß dann das Tischlein wieder fortgehen:

»Zicklein, meck,
Tischlein, weg«,

und Dreiäuglein hatte alles mit angesehen. Da kam Zweiäuglein zu ihm, weckte es und sprach: »Ei, Dreiäuglein, bist du eingeschlafen? Du kannst gut hüten! Komm, wir wollen heimgehen.«

Und als sie nach Haus kam, aß Zweiäuglein wieder nicht, und Dreiäuglein sprach zur Mutter: »Ich weiß nun, warum das hochmütige Ding nicht ißt; wenn sie draußen zur Ziege spricht:

›Zicklein, meck,
Tischlein, deck‹,

so steht ein Tischlein vor ihr, das ist mit dem besten Essen besetzt, viel besser, als wir's hier haben, und wenn sie satt ist, so spricht sie:

›Zicklein, meck,
Tischlein, weg‹,

und alles ist wieder verschwunden; ich habe alles genau mit angesehen. Zwei Augen hatte sie mir mit einem Sprüchlein eingeschläfert, aber das eine auf der Stirne, das war zum Glück wach geblieben.«

Da rief die neidische Mutter: »Willst du's besser haben als wir? Die Lust soll dir vergehen!« Sie holte ein Schlachtmesser und stieß es der Ziege ins Herz, daß sie tot hinfiel.

Als Zweiäuglein das sah, ging es voll Trauer hinaus, setzte sich auf den Feldrain und weinte seine bitteren Tränen. Da stand auf einmal die weise Frau wieder neben ihm und sprach: »Zweiäuglein, was weinst du?«

»Soll ich nicht weinen!« antwortete es, »die Ziege, die mir jeden Tag, wenn ich Euer Sprüchlein hersagte, den Tisch so schön deckte, ist von meiner Mutter totgestochen; nun muß ich wieder Hunger und Kummer leiden.«

Die weise Frau sprach: »Zweiäuglein, ich will dir einen guten Rat erteilen, bitt deine Schwestern, daß sie dir das Eingeweide von der geschlachteten Ziege geben und vergrab es vor der Haustür in die Erde, so wird's dein Glück sein.«

Da verschwand sie, und Zweiäuglein ging heim und sprach zu den Schwestern: »Liebe Schwestern, gebt mir doch etwas von meiner Ziege, ich verlange nichts Gutes, gebt mir nur das Eingeweide.«

Da lachten sie und sprachen: »Kannst du haben, wenn du weiter nichts willst.« Und Zweiäuglein nahm das Eingeweide und vergrub's abends in aller Stille nach dem Rate der weisen Frau vor der Haustüre.

Am andern Morgen, als sie insgesamt erwachten und vor die Haustüre traten, da stand da ein wunderbarer prächtiger Baum, der hatte Blätter von Silber, und Früchte von Gold hingen dazwischen, daß wohl nichts Schöneres und Köstlicheres auf der weiten Welt war. Sie wußten aber nicht, wie der Baum in der Nacht dahin gekommen war, nur Zweiäuglein merkte, daß er aus den Eingeweiden der Ziege aufgewachsen war, denn er stand gerade da, wo es sie in die Erde begraben hatte.

Da sprach die Mutter zu Einäuglein: »Steig hinauf, mein Kind, und brich uns die Früchte von dem Baume ab.«

Einäuglein stieg hinauf, aber wie es einen von den goldenen Äpfeln greifen wollte, so fuhr ihm der Zweig aus den Händen, und das geschah jedesmal, so daß es keinen einzigen Apfel brechen konnte, es mochte sich anstellen, wie es wollte.

Da sprach die Mutter: »Dreiäuglein, steig du hinauf, du kannst mit deinen drei Augen besser um dich schauen als Einäuglein.«

Einäuglein rutschte herunter, und Dreiäuglein stieg hinauf. Aber Dreiäuglein war nicht geschickter und mochte schauen, wie es wollte, die goldenen Äpfel wichen immer zurück. Endlich ward die Mutter ungeduldig und stieg selbst hinauf, konnte aber so wenig wie Einäuglein und Dreiäuglein die Frucht fassen und griff immer in die leere Luft. Da sprach Zweiäuglein: »Ich will mich einmal hinaufmachen, vielleicht gelingt mir's eher.«

Die Schwestern riefen zwar: »Du mit deinen zwei Augen, was willst du wohl!« Aber Zweiäuglein stieg hinauf, und die goldenen Äpfel zogen sich nicht vor ihm zurück, sondern ließen sich von selbst in seine Hand herab, also daß es einen nach dem andern abpflücken konnte und ein ganzes Schürzchen voll mit herunterbrachte. Die Mutter nahm sie ihm ab, und statt daß sie, Einäuglein und Dreiäuglein dafür das arme Zweiäuglein hätten besser behandeln sollen, so wurden sie nur neidisch, daß es allein die Früchte holen konnte und gingen noch härter mit ihm um.

Es trug sich zu, als sie einmal beisammen an dem Baum standen, daß ein junger Ritter daherkam.

»Geschwind, Zweiäuglein«, riefen die zwei Schwestern, »kriech unter, daß wir uns deiner nicht schämen müssen«, und stürzten über das arme Zweiäuglein in aller Eil ein leeres Faß, das gerade neben dem Baume stand, und schoben die goldenen Äpfel, die es abgebrochen hatte, auch darunter.

Als nun der Ritter näher kam, war es ein schöner Herr, der hielt still, bewunderte den prächtigen Baum von Gold und Silber und sprach zu den beiden Schwestern: »Wem gehört dieser schöne Baum? Wer mir einen Zweig davon gäbe, könnte dafür verlangen, was er wollte.«

Da antworteten Einäuglein und Dreiäuglein, der Baum gehöre ihnen zu, und sie wollten ihm einen Zweig wohl abbrechen. Sie gaben sich auch beide große Mühe, aber sie waren es nicht imstande, denn die Zweige und Früchte wichen jedesmal vor ihnen zurück.

Da sprach der Ritter: »Das ist ja wunderlich, daß der Baum euch zugehört und ihr doch nicht Macht habt, etwas davon abzubrechen.«

Sie blieben dabei, der Baum wäre ihr Eigentum. Indem sie aber so sprachen, rollte Zweiäuglein unter dem Fasse ein paar goldene Äpfel heraus, so daß sie zu den Füßen des Ritters liefen, denn Zweiäuglein war bös, daß Einäuglein und Dreiäuglein nicht die Wahrheit sagten. Wie der Ritter die Äpfel sah, erstaunte er und fragte, wo sie herkämen. Einäuglein und Dreiäuglein antworteten, sie hätten noch eine Schwester, die dürfte sich aber nicht sehen lassen, weil sie nur zwei Augen hätte wie andere gemeine Menschen. Der Ritter aber verlangte, sie zu sehen und rief: »Zweiäuglein, komm hervor.«

Da kam Zweiäuglein ganz getrost unter dem Faß hervor, und der Ritter war verwundert über seine große Schönheit und sprach: »Du, Zweiäuglein, kannst mir gewiß einen Zweig von dem Baum abbrechen.«

»Ja«, antwortete Zweiäuglein, »das will ich wohl können, denn der Baum gehört mir.« Und stieg hinauf und brach mit leichter Mühe einen Zweig mit feinen silbernen Blättern und goldenen Früchten ab und reichte ihn dem Ritter hin.

Da sprach der Ritter: »Zweiäuglein, was soll ich dir dafür geben?«

»Ach«, antwortete Zweiäuglein, »ich leide Hunger und Durst, Kummer und Not vom frühen Morgen bis zum späten Abend, wenn Ihr mich mitnehmen und erlösen wollt, so wäre ich glücklich.«

Da hob der Ritter das Zweiäuglein auf sein Pferd und brachte es heim auf sein väterliches Schloß, dort gab er ihm schöne Kleider, Essen und Trinken nach Herzenslust, und weil er es so lieb hatte, ließ er sich mit ihm einsegnen, und ward die Hochzeit in großer Freude gehalten.

Wie nun Zweiäuglein so von dem schönen Rittersmann fortgeführt ward, da beneideten die zwei Schwestern ihm erst recht sein Glück. Der wunderbare Baum bleibt uns doch, dachten sie, können wir auch keine Früchte davon brechen, so wird doch jedermann davor stehenbleiben, zu uns kommen und ihn rühmen; wer weiß, wo unser Weizen noch blüht! Aber am andern Morgen war ihr Baum verschwunden und ihre Hoffnung dahin. Und wie Zweiäuglein zu seinem Kämmerlein hinaussah, so stand er zu seiner großen Freude davor und war ihm also nachgefolgt.

Zweiäuglein lebte lange Zeit vergnügt. Einmal kamen zwei arme Frauen zu ihm auf das Schloß und baten um ein Almosen. Da sah ihnen Zweiäuglein ins Gesicht und erkannte ihre Schwestern Einäuglein und Dreiäuglein, die so in Armut geraten waren, daß sie umherziehen und vor den Türen ihr Brot suchen mußten. Zweiäuglein aber hieß sie willkommen und tat ihnen Gutes und pflegte sie, also daß die beiden von Herzen bereuten, was sie ihrer Schwester in der Jugend Böses angetan hatten.

Der Eisenhans

ES WAR EINMAL ein König, der hatte einen großen Wald bei einem Schloß, darin lief Wild aller Art herum. Zu einer Zeit schickte er einen Jäger hinaus, der sollte ein Reh schießen, aber er kam nicht wieder. »Vielleicht ist ihm ein Unglück zugestoßen«, sagte der König und schickte den folgenden Tag zwei andere Jäger hinaus, die sollten ihn aufsuchen, aber die blieben auch weg. Da ließ er am dritten Tag alle seine Jäger kommen und sprach: »Streift durch den ganzen Wald und laßt nicht ab, bis ihr sie alle drei gefunden habt.«

60

Aber auch von diesen kam keiner wieder heim, und von der Meute Hunde, die sie mitgenommen hatten, ließ sich keiner wieder sehen. Von der Zeit an wollte sich niemand mehr in den Wald wagen, und er lag da in tiefer Stille und Einsamkeit, und man sah nur zuweilen einen Adler oder Habicht darüberhinfliegen. Das dauerte viele Jahre, da meldete sich ein fremder Jäger bei dem König, suchte eine Versorgung und erbot sich, in den gefährlichen Wald zu gehen. Der König aber wollte seine Einwilligung nicht geben und sprach: »Es ist nicht geheuer darin, ich fürchte, es geht dir nicht besser als den andern, und du kommst nicht wieder heraus.«

Der Jäger antwortete: »Herr, ich will's auf meine Gefahr wagen, von Furcht weiß ich nichts.«

Der Jäger begab sich also mit seinem Hund in den Wald. Es dauerte nicht lange, so geriet der Hund einem Wild auf die Fährte und wollte hinter ihm her. Kaum aber war er ein paar Schritte gelaufen, so stand er vor einem tiefen Pfuhl, konnte nicht weiter, und ein nackter Arm streckte sich aus dem Wasser, packte ihn und zog ihn hinab. Als der Jäger das sah, ging er zurück und holte drei Männer, die mußten mit Eimern kommen und das Wasser ausschöpfen. Als sie auf den Grund sehen konnten, so lag da ein wilder Mann, der braun am Leib war wie rostiges Eisen und dem die Haare über das Gesicht bis zu den Knien herabhingen. Sie banden ihn mit Stricken und führten ihn fort in das Schloß. Da war große Verwunderung über den wilden Mann, der König aber ließ ihn in einen eisernen Käfig auf seinen Hof setzen und verbot bei Lebensstrafe, die Türe des Käfigs zu öffnen, und die Königin mußte den Schlüssel selbst in Verwahrung nehmen. Von nun an konnte ein jeder wieder mit Sicherheit in den Wald gehen.

Der König hatte einen Sohn von acht Jahren, der spielte einmal auf dem Hof, und bei dem Spiel fiel ihm sein goldener Ball in den Käfig. Der Knabe lief hin und sprach: »Gib mir meinen Ball heraus.«

»Nicht eher«, antwortete der Mann, »als bis du mir die Türe aufgemacht hast.«

»Nein«, sagte der Knabe, »das tue ich nicht, das hat der König verboten« und lief fort.

Am andern Tag kam er wieder und forderte seinen Ball, der wilde Mann sagte: »Öffne meine Türe«, aber der Knabe wollte nicht. Am dritten Tag war der König auf die Jagd geritten, da kam der Knabe nochmals und sagte: »Wenn ich auch wollte, ich kann die Türe nicht öffnen, ich habe den Schlüssel nicht.«

Da sprach der wilde Mann: »Er liegt unter dem Kopfkissen deiner Mutter, da kannst du ihn holen.«

Der Knabe, der seinen Ball wieder haben wollte, schlug alles Bedenken in den Wind und brachte den Schlüssel herbei. Die Türe ging schwer auf, und der Knabe klemmte sich den Finger. Als sie offen war, trat der wilde Mann heraus, gab ihm den goldenen Ball und eilte hinweg. Dem Knaben war angst geworden, er schrie und rief ihm nach: »Ach, wilder Mann, geh nicht fort, sonst bekomme ich Schläge.«

Der wilde Mann kehrte um, hob ihn auf, setzte ihn auf seinen Nacken und ging mit schnellen Schritten in den Wald hinein.

Als der König heimkam, bemerkte er den leeren Käfig und fragte die Königin, wie das zugegangen wäre. Sie wußte nichts davon, suchte den Schlüssel, aber er war weg. Sie rief den Knaben, aber niemand antwortete. Der König schickte Leute aus, die ihn auf dem Felde suchen sollten, aber sie fanden ihn nicht. Da konnte er leicht erraten, was geschehen war, und es herrschte große Trauer an dem königlichen Hof.

Als der wilde Mann wieder in dem finstern Wald angelangt war, so setzte er den Knaben von den Schultern herab und sprach zu ihm: »Vater und Mutter siehst du nicht wieder, aber ich will dich bei mir behalten, denn du hast mich befreit, und ich habe Mitleid mit dir. Wenn du alles tust, was ich dir sage, so sollst du's gut haben. Schätze und Gold habe ich genug und mehr als jemand in der Welt.«

Er machte dem Knaben ein Lager von Moos, auf dem er einschlief, und am andern Morgen führte ihn der Mann zu einem Brunnen und sprach: »Siehst du, der Goldbrunnen ist hell und klar wie Kristall, du sollst dabeisitzen und achthaben, daß nichts hineinfällt, sonst ist er verunehrt. Jeden Abend komme ich und sehe, ob du mein Gebot befolgt hast.«

Der Knabe setzte sich an den Rand des Brunnens, sah, wie manchmal ein goldener Fisch, manchmal eine goldene Schlange sich darin zeigte, und hatte acht, daß nichts hineinfiel. Als er so saß, schmerzte ihn einmal der Finger so heftig, daß er ihn unwillkürlich in das Wasser steckte. Er zog ihn schnell wieder heraus, sah aber, daß er ganz vergoldet war, und wie große Mühe er

sich gab, das Gold wieder abzuwischen, es war alles vergeblich. Abends kam der Eisenhans zurück, sah den Knaben an und sprach: »Was ist mit dem Brunnen geschehen?«

»Nichts, nichts«, antwortete er und hielt den Finger auf den Rücken, daß er ihn nicht sehen sollte. Aber der Mann sagte: »Du hast den Finger in das Wasser getaucht. Diesmal mag's hingehen, aber hüte dich, daß du nicht wieder etwas hineinfallen läßt.«

Am frühsten Morgen saß er schon bei dem Brunnen und bewachte ihn. Der Finger tat ihm wieder weh, und er fuhr damit über seinen Kopf, da fiel unglücklicherweise ein Haar herab in den Brunnen. Er nahm es schnell heraus, aber es war schon ganz vergoldet. Der Eisenhans kam und wußte schon, was geschehen war. »Du hast ein Haar in den Brunnen fallen lassen«, sagte er, »ich will dir's noch einmal nachsehen, aber wenn's zum dritten mal geschieht, so ist der Brunnen entehrt und du kannst nicht länger bei mir bleiben.«

Am dritten Tag saß der Knabe am Brunnen und bewegte den Finger nicht, wenn er ihm noch so wehtat. Aber die Zeit ward ihm lang, und er betrachtete sein Angesicht, das auf dem Wasserspiegel stand. Und als er sich dabei immer mehr beugte und sich recht in die Augen sehen wollte, so fielen ihm seine langen Haare von den Schultern herab in das Wasser. Er richtete sich schnell in die Höhe, aber das ganze Haupthaar war schon vergoldet und glänzte wie eine Sonne. Ihr könnt denken, wie der arme Knabe erschrak. Er nahm sein Taschentuch und band es um den Kopf, damit es der Mann nicht sehen sollte. Als er kam, wußte er schon alles und sprach: »Binde das Tuch auf.«

Da quollen die goldenen Haare hervor, und der Knabe mochte sich entschuldigen, wie er wollte, es half nichts.

»Du hast die Probe nicht bestanden und kannst nicht länger hierbleiben. Geh hinaus in die Welt, da wirst du erfahren, wie die Armut tut. Aber weil du kein böses Herz hast und ich's gut mit dir meine, so will ich dir eins erlauben: wenn du in Not gerätst, so geh zu dem Wald und rufe ›Eisenhans‹, dann will ich kommen und dir helfen. Meine Macht ist groß, größer als du denkst, und Gold und Silber habe ich im Überfluß.«

Da verließ der Königssohn den Wald und ging über gebahnte und ungebahnte Wege immerzu, bis er zuletzt in eine große Stadt kam. Er suchte da Arbeit, aber er konnte keine finden und hatte auch nichts erlernt, womit er sich hätte forthelfen können. Endlich ging er in das Schloß und fragte, ob sie ihn behalten wollten. Die Hofleute wußten nicht, wozu sie ihn brauchen sollten, aber sie hatten Wohlgefallen an ihm und hießen ihn bleiben. Zuletzt nahm ihn der Koch in Dienst und sagte, er könnte Holz und Wasser tragen und die Asche zusammenkehren. Einmal, als gerade kein anderer zur Hand war, hieß ihn der Koch die Speisen zur königlichen Tafel tragen, da er aber seine goldenen Haare nicht wollte sehen lassen, so behielt er sein Hütchen auf. Dem König war so etwas noch nicht vorgekommen und er sprach: »Wenn du zur königlichen Tafel kommst, mußt du deinen Hut abziehen.«

»Ach, Herr«, antwortete er, »ich kann nicht, ich habe einen bösen Grind auf dem Kopf.«

Da ließ der König den Koch herbeirufen, schalt ihn und fragte, wie er einen solchen Jungen hätte in seinen Dienst nehmen können; er sollte ihn gleich fortjagen. Der Koch aber hatte Mitleiden mit ihm und vertauschte ihn mit dem Gärtnerjungen.

Nun mußte der Junge im Garten pflanzen und begießen, hacken und graben und Wind und böses Wetter über sich ergehen lassen. Einmal im Sommer, als er allein im Garten arbeitete, war der Tag so heiß, daß er sein Hütchen abnahm und die Luft ihn kühlen sollte. Wie die Sonne auf das Haar schien, glitzte und blitzte es, daß die Strahlen in das Schlafzimmer der Königstochter fielen und sie aufsprang, um zu sehen, was das wäre. Da erblickte sie den Jungen und rief ihn an: »Junge, bring mir einen Blumenstrauß.«

Er setzte in aller Eile sein Hütchen auf, brach wilde Feldblumen ab und band sie zusammen. Als er damit die Treppe hinaufstieg, begegnete ihm der Gärtner und sprach: »Wie kannst du der Königstochter einen Strauß von schlechten Blumen bringen? Geschwind, hole andere und suche die schönsten und seltensten aus.«

»Ach nein«, antwortete der Junge, »die wilden riechen kräftiger und werden ihr besser gefallen.«

Als er in ihr Zimmer kam, sprach die Königstochter: »Nimm dein Hütchen ab, es ziemt sich nicht, daß du ihn vor mir aufbehältst.«

Er antwortete wieder: »Ich darf nicht, ich habe einen grindigen Kopf.«

Sie griff aber nach dem Hütchen und zog es ab, da rollten seine goldenen Haare auf die Schultern herab, daß es prächtig anzusehen war. Er wollte fortspringen, aber sie hielt ihn am Arm und gab ihm eine Handvoll Dukaten. Er ging damit fort, achtete aber des Goldes nicht, sondern brachte es dem Gärtner und sprach: »Ich schenke es deinen Kindern, die können damit spielen.«

Den andern Tag rief ihm die Königstochter abermals zu, er sollte ihr einen Strauß Feldblumen bringen, und als er damit eintrat, grapste sie gleich nach seinem Hütchen und wollte es ihm wegnehmen, aber er hielt es mit beiden Händen fest. Sie gab ihm wieder eine Handvoll Dukaten, aber er wollte sie nicht behalten und gab sie dem Gärtner zum Spielwerk für seine Kinder. Den dritten Tag ging's nicht anders, sie konnte ihm sein Hütchen nicht wegnehmen, und er wollte ihr Gold nicht.

Nicht lange danach ward das Land mit Krieg überzogen. Der König sammelte sein Volk und wußte nicht, ob er dem Feind, der übermächtig war und ein großes Heer hatte, Widerstand leisten könnte. Da sagte der Gärtnerjunge: »Ich bin herangewachsen und will mit in den Krieg ziehen, gebt mir ein Pferd.«

Die andern lachten und sprachen: »Wenn wir fort sind, so suche dir eins, wir wollen dir eins im Stall zurücklassen.«

Als sie ausgezogen waren, ging er in den Stall und zog das Pferd heraus; es war an einem Fuß lahm und hickelte hunkepuus, hunkepuus. Dennoch setzte er sich auf und ritt fort nach dem dunklen Wald. Als er an den Rand desselben gekommen war, rief er dreimal Eisenhans so laut, daß es durch die Bäume schallte. Gleich darauf erschien der wilde Mann und sprach: »Was verlangst du?«

»Ich verlange ein starkes Roß, denn ich will in den Krieg ziehen.«

»Das sollst du haben und noch mehr, als du verlangst.«

Dann ging der wilde Mann in den Wald zurück, und es dauerte nicht lange, so kam ein Stallknecht aus dem Wald und führte ein Roß herbei, das schnaubte aus den Nüstern und war kaum zu bändigen. Und hinterher folgte eine große Schar Kriegsvolk, ganz in Eisen gerüstet, und ihre Schwerter blitzten in der Sonne. Der Jüngling übergab dem Stallknecht sein dreibeiniges Pferd, bestieg das andere und ritt vor der Schar her. Als er sich dem Schlachtfeld näherte, war schon ein großer Teil von des Königs Leuten gefallen und es fehlte nicht viel, so mußten die übrigen weichen. Da jagte der Jüngling mit seiner eisernen Schar heran, fuhr wie ein Wetter über die Feinde und schlug alles nieder, was sich ihm widersetzte. Sie wollten fliehen, aber der Jüngling saß ihnen auf dem Nacken und ließ nicht ab, bis kein Mann mehr übrig war. Statt aber zu dem König zurückzukehren, führte er seine Schar auf Umwegen wieder zu dem Wald und rief den Eisenhans heraus.

»Was verlangst du?« fragte der wilde Mann.

»Nimm dein Roß und deine Schar zurück und gib mir mein dreibeiniges Pferd wieder.«

Es geschah alles, was er verlangte, und ritt auf seinem dreibeinigen Pferd heim. Als der König wieder in sein Schloß kam, ging ihm seine Tochter entgegen und wünschte ihm Glück zu seinem Sieg.

»Ich bin es nicht, der den Sieg davongetragen hat«, sprach er, »sondern ein fremder Ritter, der mir mit seiner Schar zu Hilfe kam.«

Die Tochter wollte wissen, wer der fremde Ritter wäre, aber der König wußte es nicht und sagte: »Er hat die Feinde verfolgt, und ich habe ihn nicht wiedergesehen.«

Sie erkundigte sich bei dem Gärtner nach seinem Jungen, der lachte aber und sprach: »Eben ist er auf seinem dreibeinigen Pferd heimgekommen, und die andern haben gespottet und gerufen: ›Da kommt unserer Hunkepuus wieder an.‹ Sie fragten auch: ›Hinter welcher Hecke hast du derweil gelegen und geschlafen?‹ Er sprach: ›Ich habe das Beste getan, und ohne mich wäre es schlecht gegangen.‹ Da ward er noch mehr ausgelacht.«

Der König sprach zu seiner Tochter: »Ich will ein großes Fest ansagen lassen, das drei Tage währen soll, und du sollst einen goldenen Apfel werfen, vielleicht kommt der Unbekannte herbei.«

Als das Fest verkündet war, ging der Jüngling hinaus zu dem Wald und rief den Eisenhans.

»Was verlangst du?« fragte er.

»Daß ich den goldenen Apfel der Königstochter fange.«

»Es ist so gut, als hättest du ihn schon«, sagte Eisenhans, »du sollst auch eine rote Rüstung dazu haben und auf einem stolzen Fuchs reiten.«

Als der Tag kam, sprengte der Jüngling heran, stellte sich unter die Ritter und ward von niemand erkannt. Die Königstochter trat hervor und warf den Rittern einen goldenen Apfel zu, aber keiner fing ihn als er allein, aber sobald er ihn hatte, jagte er davon. Am zweiten Tag hatte ihn Eisenhans als weißen Ritter ausgerüstet und ihm einen Schimmel gegeben. Abermals fing er allein den Apfel, verweilte aber keinen Augenblick, sondern jagte damit fort.

Der König ward bös und sprach: »Das ist nicht erlaubt, er muß vor mir erscheinen und seinen Namen nennen.« Er gab den Befehl, wenn der Ritter, der den Apfel gefangen habe, sich wieder davonmachte, so sollte man ihm nachsetzen, und wenn er nicht gutwillig zurückkehrte, auf ihn hauen und stechen. Am dritten Tag erhielt er vom Eisenhans eine schwarze Rüstung und einen Rappen und fing auch wieder den Apfel. Als er aber damit fortjagte, verfolgten ihn die Leute des Königs, und einer kam ihm so nahe, daß er mit der Spitze des Schwertes ihm das Bein verwundete. Er entkam ihnen jedoch, aber sein Pferd sprang so gewaltig, daß der Helm ihm vom Kopf fiel, und sie konnten sehen, daß er goldene Haare hatte. Sie ritten zurück und meldeten dem König alles.

Am andern Tag fragte die Königstochter den Gärtner nach seinem Jungen. »Er arbeitet im Garten. Der wunderliche Kauz ist auch bei dem Fest gewesen und erst gestern abend wiedergekommen, er hat auch meinen Kindern drei goldene Äpfel gezeigt, die er gewonnen hat.«

Der König ließ ihn vor sich fordern, und er erschien und hatte wieder sein Hütchen auf dem Kopf. Aber die Königstochter ging auf ihn zu und nahm es ihm ab, und da fielen seine goldenen Haare über die Schultern, und es war so schön, daß alle erstaunten.

»Bist du der Ritter gewesen, der jeden Tag zu dem Fest gekommen ist, immer in einer andern Farbe, und der die drei goldenen Äpfel gefangen hat?« fragte der König.

»Ja«, antwortete er, »und da sind die Äpfel«, holte sie aus der Tasche und reichte sie dem König. »Wenn Ihr noch mehr Beweise verlangt, so könnt Ihr die Wunde sehen, die mir Eure Leute geschlagen haben, als sie mich verfolgten. Aber ich bin auch der Ritter, der Euch zum Sieg über die Feinde geholfen hat.«

»Wenn du solche Taten verrichten kannst, so bist du kein Gärtnerjunge. Sage mir, wer ist dein Vater?«

»Mein Vater ist ein mächtiger König, und Goldes habe ich die Fülle und soviel ich nur verlange.«

»Ich sehe wohl«, sprach der König, »ich bin dir Dank schuldig, kann ich dir etwas zu Gefallen tun?«

»Ja«, antwortete er, »das könnt Ihr wohl, gebt mir Eure Tochter zur Frau.«

Da lachte die Jungfrau und sprach: »Der macht keine Umstände, aber ich habe schon an seinen goldenen Haaren gesehen, daß er kein Gärtnerjunge ist«, ging dann hin und küßte ihn. Zu der Vermählung kamen sein Vater und seine Mutter und waren in großer Freude, denn sie hatten schon alle Hoffnung aufgegeben, ihren lieben Sohn wiederzusehen. Und als sie an der Hochzeitstafel saßen, da schwieg auf einmal die Musik, die Türen gingen auf und ein stolzer König trat herein mit großem Gefolge. Er ging auf den Jüngling zu, umarmte ihn und sprach:

»Ich bin der Eisenhans und war in einen wilden Mann verwünscht, aber du hast mich erlöst. Alle Schätze, die ich besitze, die sollen dein Eigentum sein.«

Die Nixe im Teich

ES WAR EINMAL ein Müller, der führte mit seiner Frau ein vergnügtes Leben. Sie hatten Geld und Gut, und ihr Wohlstand nahm von Jahr zu Jahr noch zu. Aber Unglück kommt über Nacht: wie ihr Reichtum gewachsen war, so schwand er von Jahr zu Jahr wieder hin, und zuletzt konnte der Müller kaum noch die Mühle, in der er saß, sein Eigentum nennen. Er war voll Kummer, und wenn er sich nach der Arbeit des Tags niederlegte, so fand er keine Ruhe, sondern wälzte sich voll Sorgen in seinem Bett. Eines Morgens stand er schon vor Tagesanbruch auf, ging hinaus ins Freie und dachte, es sollte ihm leichter ums Herz werden. Als er über dem Mühldamm dahinschritt, brach eben der erste Sonnenstrahl hervor, und er hörte in dem Weiher etwas rauschen. Er wendete sich um und erblickte ein schönes Weib, das sich langsam aus dem Wasser erhob. Ihre langen Haare, die sie über den Schultern mit ihren zarten Händen gefaßt hatte, flossen an beiden Seiten herab und bedeckten ihren weißen Leib. Er sah wohl, daß es die Nixe des Teichs war und wußte vor Furcht nicht, ob er davongehen oder stehenbleiben sollte. Aber die Nixe ließ ihre sanfte Stimme hören, nannte ihn bei Namen und fragte, warum er so traurig wäre. Der Müller war anfangs verstummt, als er sie aber so freundlich sprechen hörte, faßte er sich ein Herz und erzählte ihr, daß er sonst in Glück und Reichtum gelebt hätte, aber jetzt so arm wäre, daß er sich nicht zu raten wüßte.

»Sei ruhig«, antwortete die Nixe, »ich will dich reicher und glücklicher machen als du je gewesen bist, nur mußt du mir versprechen, daß du mir geben willst, was eben in deinem Hause jung geworden ist.«

Was kann das anders sein, dachte der Müller, als ein junger Hund oder ein junges Kätzchen? und sagte ihr zu, was sie verlangte. Die Nixe stieg wieder in das Wasser hinab, und er eilte getröstet und gutes Mutes nach seiner Mühle. Noch hatte er sie nicht erreicht, da trat die Magd aus der Haustüre und rief ihm zu, er sollte sich freuen, seine Frau hätte ihm einen kleinen Knaben geboren. Der Müller stand wie vom Blitz gerührt, er sah wohl, daß die tückische Nixe das gewußt und ihn betrogen hatte. Mit gesenktem Haupt trat er zu dem Bett seiner Frau, und als sie ihn fragte: »Warum freust du dich nicht über den schönen Knaben?« so erzählte er ihr, was ihm begegnet war und was für ein Versprechen er der Nixe gegeben hatte. »Was hilft mir Glück und Reichtum«, fügte er hinzu, »wenn ich mein Kind verlieren soll? Aber was kann ich tun?« Auch die Verwandten, die herbeigekommen waren, Glück zu wünschen, wußten keinen Rat.

Indessen kehrte das Glück in das Haus des Müllers wieder ein. Was er unternahm, gelang, es war, als ob Kisten und Kasten von selbst sich füllten und das Geld im Schrank über Nacht sich mehrte. Es dauerte nicht lange, so war sein Reichtum größer als je zuvor. Aber er konnte sich nicht ungestört darüber freuen: die Zusage, die er der Nixe getan hatte, quälte sein Herz. So oft er an dem Teich vorbeikam, fürchtete er, sie möchte auftauchen und ihn an seine Schuld mahnen. Den Knaben selbst ließ er nicht in die Nähe des Wassers.

»Hüte dich«, sagte er zu ihm, »wenn du das Wasser berührst, so kommt eine Hand heraus, hascht dich und zieht dich hinab.«

Doch als Jahr auf Jahr verging und die Nixe sich nicht wieder zeigte, so fing der Müller an sich zu beruhigen.

Der Knabe wuchs zum Jüngling heran und kam bei einem Jäger in die Lehre. Als er ausgelernt hatte und ein tüchtiger Jäger geworden war, nahm ihn der Herr des Dorfes in seine Dienste. In dem Dorf war ein schönes und treues Mädchen, das gefiel dem Jäger, und als sein Herr das bemerkte, schenkte er ihm ein kleines Haus; die beiden hielten Hochzeit, lebten ruhig und glücklich und liebten sich von Herzen.

Einstmals verfolgte der Jäger ein Reh. Als das Tier aus dem Wald ins freie Feld ausbog, setzte er ihm nach und streckte es endlich mit einem Schuß nieder. Er bemerkte nicht, daß er sich in der Nähe des gefährlichen Weihers befand, und ging, nachdem er das Tier ausgeweidet hatte, zu dem Wasser, um seine mit Blut befleckten Hände zu waschen. Kaum aber hatte er sie hineingetaucht, als die Nixe emporstieg, lachend mit ihren nassen Armen ihn umschlang und so schnell hinabzog, daß die Wellen über ihm zusammenschlugen.

Als es Abend war und der Jäger nicht nach Haus kam, so geriet seine Frau in Angst. Sie ging aus, ihn zu suchen, und da er ihr oft erzählt hatte, daß er sich vor den Nachstellungen der Nixe in acht nehmen müßte und nicht in die Nähe des Weihers sich wagen dürfte, so ahnte sie schon, was geschehen war. Sie eilte zu dem Wasser, und als sie am Ufer seine Jägertasche liegen fand, da konnte sie nicht länger an dem Unglück zweifeln. Wehklagend und händeringend rief sie ihren Liebsten mit Namen, aber vergeblich. Sie eilte hinüber auf die andere Seite des Weihers und rief ihn aufs neue, sie schalt die Nixe mit harten Worten, aber keine Antwort erfolgte. Der Spiegel des Wassers blieb ruhig, nur das halbe Gesicht des Mondes blickte unbeweglich zu ihr herauf.

Die arme Frau verließ den Teich nicht. Mit schnellen Schritten, ohne Rast und Ruhe, umkreiste sie ihn immer von neuem, manchmal still, manchmal einen heftigen Schrei ausstoßend, manchmal in leisem Wimmern. Endlich waren ihre Kräfte zu Ende: sie sank zur Erde nieder und verfiel in einen tiefen Schlaf. Bald überkam sie ein Traum.

Sie stieg zwischen großen Felsblöcken angstvoll aufwärts; Dornen und Ranken hakten sich an ihre Füße, der Regen schlug ihr ins Gesicht, und der Wind zauste ihr langes Haar. Als sie die Anhöhe erreicht hatte, bot sich ein ganz anderer Anblick dar. Der Himmel war blau, die Luft mild, der Boden senkte sich sanft hinab, und auf einer grünen, buntbeblümten Wiese stand eine reinliche Hütte. Sie ging darauf zu und öffnete die Türe, da saß eine Alte mit weißen Haaren, die ihr freundlich winkte. In dem Augenblick erwachte die arme Frau. Der Tag war schon angebrochen, und sie entschloß sich gleich, dem Traume Folge zu leisten. Sie stieg mühsam den Berg hinauf, und es war alles so, wie sie es in der Nacht gesehen hatte. Die Alte empfing sie freundlich und zeigte ihr einen Stuhl, auf den sie sich setzen sollte.

»Du mußt ein Unglück erlebt haben«, sagte sie, »weil du meine einsame Hütte aufsuchst.«

Die Frau erzählte ihr unter Tränen, was ihr begegnet war.

»Tröste dich«, sagte die Alte, »ich will dir helfen: da hast du einen goldenen Kamm. Harre bis der Vollmond aufgestiegen ist, dann geh zu dem Weiher, setze dich am Rand nieder und strähle dein langes schwarzes Haar mit diesem Kamm. Wenn du aber fertig bist, so lege ihn am Ufer nieder, und du wirst sehen, was geschieht.«

Die Frau kehrte zurück, aber die Zeit bis zum Vollmond verstrich ihr langsam. Endlich erschien die leuchtende Scheibe am Himmel, da ging sie hinaus an den Weiher, setzte sich nieder und kämmte ihre langen schwarzen Haare mit dem goldenen Kamm, und als sie fertig war, legte sie ihn an den Rand des Wassers nieder. Nicht lange, so brauste es aus der Tiefe, eine Welle erhob sich, rollte an das Ufer und führte den Kamm mit sich fort. Es dauerte nicht länger, als der Kamm nötig hatte, auf den Grund zu sinken, so teilte sich der Wasserspiegel, und der Kopf des Jägers stieg in die Höhe. Er sprach nicht, schaute aber seine Frau mit traurigen Blicken an. In demselben Augenblick kam eine zweite Welle herangerauscht und bedeckte das Haupt des Mannes. Alles war verschwunden, der Weiher lag so ruhig wie zuvor, und nur das Gesicht des Vollmondes glänzte darauf.

Trostlos kehrte die Frau zurück, doch der Traum zeigte ihr die Hütte der Alten. Abermals machte sie sich am nächsten Morgen auf den Weg und klagte der weisen Frau ihr Leid. Die Alte gab ihr eine goldene Flöte und sprach: »Harre bis der Vollmond wiederkommt, dann nimm diese Flöte, setze dich an das Ufer, blas ein schönes Lied darauf, und wenn du damit fertig bist, so lege sie auf den Sand; du wirst sehen, was geschieht.«

Die Frau tat, wie die Alte gesagt hatte. Kaum lag die Flöte auf dem Sand, so brauste es aus der Tiefe: eine Welle erhob sich, zog heran und führte die Flöte mit sich fort.

Bald darauf teilte sich das Wasser, und nicht bloß der Kopf, auch der Mann bis zur Hälfte des Leibes stieg hervor. Er breitete voll Verlangen seine Arme nach ihr aus, aber eine zweite Welle rauschte heran, bedeckte ihn und zog ihn wieder hinab.

»Ach, was hilft es mir«, sagte die Unglückliche, »daß ich meinen Liebsten nur erblicke, um ihn wieder zu verlieren.« Der Gram erfüllte aufs neue ihr Herz, aber der Traum führte sie zum drittenmal in das Haus der Alten. Sie machte sich auf den Weg, und die weise Frau gab ihr ein goldenes Spinnrad, tröstete sie und sprach: »Es ist noch nicht alles vollbracht, harre bis der Vollmond kommt, dann nimm das Spinnrad, setze dich ans Ufer und spinn die Spule voll, und wenn du fertig bist, so stelle das Spinnrad nahe an das Wasser, und du wirst sehen, was geschieht.«

Die Frau befolgte alles genau. Sobald der Vollmond sich zeigte, trug sie das goldene Spinnrad an das Ufer und spann emsig, bis der Flachs zu Ende und die Spule mit dem Faden ganz angefüllt war. Kaum aber stand das Rad am Ufer, so brauste es noch heftiger als sonst in die Tiefe des Wassers, eine mächtige Welle eilte herbei und trug das Rad mit sich fort. Alsbald stieg mit einem Wasserstrahl der Kopf und der ganze Leib des Mannes in die Höhe. Schnell sprang er ans Ufer, faßte seine Frau an der Hand und entfloh. Aber kaum hatten sie sich eine kleine Strecke entfernt, so erhob sich mit entsetzlichem Brausen der ganze Weiher und strömte mit reißender Gewalt in das weite Feld hinein. Schon sahen die Fliehenden ihren Tod vor Augen, da rief die Frau in ihrer Angst die Alte an, und in dem Augenblick waren sie verwandelt, sie in eine Kröte, er in einen Frosch. Die Flut, die sie erreicht hatte, konnte sie nicht töten, aber sie riß sie beide voneinander und führte sie weit weg.

Als das Wasser sich verlaufen hatte und beide wieder den trockenen Boden berührten, so kam ihre menschliche Gestalt zurück. Aber keiner wußte, wo das andere geblieben war; sie befanden sich unter fremden Menschen, die ihre Heimat nicht kannten. Hohe Berge und tiefe Täler lagen zwischen ihnen. Um sich das Leben zu erhalten, mußten beide die Schafe hüten. Sie trieben lange Jahre ihre Herden durch Feld und Wald und waren voll Trauer und Sehnsucht.

Als wieder einmal der Frühling aus der Erde hervorgebrochen war, zogen beide an einem Tag mit ihren Herden aus, und der Zufall wollte, daß sie einander entgegenzogen. Er erblickte an einem fernen Bergesabhang eine Herde und trieb seine Schafe nach der Gegend hin. Sie kamen in einem Tal zusammen, aber sie erkannten sich nicht, doch freuten sie sich, daß sie nicht mehr so einsam waren. Von nun an trieben sie jeden Tag ihre Herde nebeneinander; sie sprachen nicht viel, aber sie fühlten sich getröstet.

Eines Abends, als der Vollmond am Himmel schien und die Schafe schon ruhten, holte der Schäfer die Flöte aus seiner Tasche und blies ein schönes, aber trauriges Lied. Als er fertig war, bemerkte er, daß die Schäferin bitterlich weinte.

»Warum weinst du?« fragte er.

»Ach«, antwortete sie, »so schien auch der Vollmond, als ich zum letztenmal dieses Lied auf der Flöte blies und das Haupt meines Liebsten aus dem Wasser hervorkam.«

Er sah sie an, und es war ihm, als fiele eine Decke von den Augen, er erkannte seine liebste Frau, und als sie ihn anschaute und der Mond auf sein Gesicht schien, erkannte sie ihn auch. Sie umarmten und küßten sich, und ob sie glückselig waren, braucht keiner zu fragen.

Jorinde und Joringel

ES WAR EINMAL ein altes Schloß mitten in einem großen, dichten Wald. Darinnen wohnte eine alte Frau ganz allein, die war eine Erzzauberin. Am Tage machte sie sich zur Katze oder zur Nachteule, des Abends aber sah sie wieder wie ein Mensch aus. Sie konnte das Wild und die Vögel herbeilocken, und dann schlachtete sie's, kochte und briet es. Wenn jemand auf hundert Schritte dem Schloß nahe kam, mußte er stillestehen und konnte sich nicht von der Stelle bewegen, bis sie ihn lossprach. Wenn aber eine Jungfrau in diesen Kreis kam, so verwandelte sie diese in einen Vogel und sperrte sie dann in einen Korb ein und trug den Korb in eine Kammer des Schlosses. Sie hatte wohl siebentausend solcher Körbe mit diesen seltenen Vögeln im Schloß.

Nun war einmal eine Jungfrau, die hieß Jorinde. Sie war schöner als alle andern Mädchen. Diese und dann ein gar schöner Jüngling, namens Joringel, hatten sich zusammen versprochen. Sie waren in den Brauttagen, und sie hatten ihr größtes Vergnügen eins am andern. Damit sie nun einmal vertraut zusammen reden könnten, gingen sie in den Wald spazieren.

»Hüte dich«, sagte Joringel, »daß du nicht zu nahe ans Schloß kommst!« Es war ein schöner Abend, die Sonne schien zwischen den Stämmen der Bäume hell ins dunkle Grün des Waldes, und die Turteltaube sang kläglich auf den alten Maibuchen.

Jorinde weinte zuweilen, setzte sich hin im Sonnenschein und klagte; Joringel klagte auch. Sie waren so bestürzt, als hätten sie sterben sollen; denn sie hatten sich verirrt und wußten nicht, wie sie nach Hause gehen sollten. Halb stand die Sonne noch über dem Berg, und halb war sie untergegangen. Joringel spähte durchs Gebüsch und sah die alte Mauer des Schlosses nahe vor sich; er erschrak, und ihm wurde todbang. Jorinde sang:

> »Mein Vöglein mit dem Ringlein rot
>   singt Leide, Leide, Leide;
> es singt dem Täublein seinen Tod,
>   singt Leide, Lei – zicküt, zicküt, zicküt.«

Joringel sah nach Jorinde. Jorinde war in eine Nachtigall verwandelt, die sang: »Zicküt, zicküt.« Eine Nachteule mit glühenden Augen flog dreimal um sie herum

und schrie dreimal: »Schu, hu, hu, hu.« Joringel konnte sich nicht bewegen; er stand da wie ein Stein, konnte nicht weinen, nicht reden, nicht Hand noch Fuß regen.

Nun war die Sonne untergegangen; die Eule flog in einen Strauch, und gleich darauf kam eine alte, krumme Frau aus diesem hervor, gelb und mager, mit großen, roten Augen und krummer Nase, die mit der Spitze ans Kinn reichte. Sie murmelte, fing die Nachtigall und trug sie auf der Hand fort.

Joringel konnte nichts sagen, auch nicht von der Stelle kommen; die Nachtigall war fort. Endlich kam das Weib wieder und sagte mit dumpfer Stimme: » Grüß dich, Zachiel. Wenn's Möndel ins Körbel scheint, bind los, Zachiel, zu guter Stund'!« Da wurde Joringel los, er fiel vor dem Weib auf die Knie und bat, es möge ihm seine Jorinde wiedergeben; aber sie sagte, er sollte sie nie wiederhaben, und ging fort. Er rief, er weinte, er jammerte, aber alles umsonst.

Joringel ging fort und kam endlich in ein fremdes Dorf. Da hütete er lange Zeit die Schafe. Oft ging er rund um das Schloß herum, aber nicht zu nahe heran. Endlich träumte er einmal des Nachts, er fände eine blutrote Blume, in deren Mitte eine schöne, große Perle war. Die Blume brach er ab und ging damit zum Schloß; alles, was er mit der Blume berührte, ward von der Zauberei frei; auch träumte er, er hätte seine Jorinde dadurch wiederbekommen.

Des Morgens, als er aufwachte, fing er an, durch Berg und Tal zu suchen, ob er eine solche Blume fände; er suchte bis zum neunten Tag, da fand er die blutrote Blume am Morgen früh. In der Mitte war ein großer Tautropfen, so groß wie die schönste Perle. Diese Blume trug er Tag und Nacht bis zum Schloß.

Als er auf hundert Schritte ans Schloß herangekommen war, wurde er nicht festgebannt, sondern ging fort bis ans Tor. Joringel freute sich sehr, berührte die Pforte mit der Blume, und sie sprang auf. Er ging hinein, durch den Hof, horchte, wo er die vielen Vogelstimmen vernähme; endlich hörte er sie. Er ging und fand den Saal; darin war die Zauberin und fütterte die Vögel in den siebentausend Körben. Als sie den Joringel erblickte, wurde sie bös, sehr bös, schalt, spie Gift und Galle gegen ihn aus, aber sie konnte nicht näher als auf zwei Schritte an ihn herankommen. Er kehrte sich nicht an sie, ging und besah die Körbe mit den Vögeln. Da waren aber viele hundert Nachtigallen, wie sollte er nun seine Jorinde wiederfinden?

Während er so herumsah, merkte er, daß die Alte heimlich ein Körbchen mit einem Vogel wegnahm und damit nach der Tür lief. Flugs sprang er hinzu, berührte das Körbchen mit der Blume und auch das alte Weib. Nun konnte sie nicht mehr zaubern, und Jorinde stand da und hatte ihn um den Hals gefaßt, so schön, wie sie ehemals war. Da machte er auch alle die anderen Vögel wieder zu Jungfrauen, und dann ging er mit seiner Jorinde nach Hause, und sie lebten lange vergnügt zusammen.

Der goldene Vogel

ES WAR VOR ZEITEN ein König, der hatte einen schönen Lustgarten hinter seinem Schloß, darin stand ein Baum, der goldene Äpfel trug. Als die Äpfel reiften, wurden sie gezählt, aber gleich den nächsten Morgen fehlte einer. Das ward dem König gemeldet, und er befahl, daß alle Nächte unter dem Baume Wache sollte gehalten werden.

Der König hatte drei Söhne, davon schickte er den ältesten bei einbrechender Nacht in den Garten. Wie es aber Mitternacht war, konnte er sich des Schlafes nicht erwehren, und am nächsten Morgen fehlte wieder ein Apfel.

In der folgenden Nacht mußte der zweite Sohn wachen, aber dem erging es nicht besser: als es zwölf Uhr geschlagen hatte, schlief er ein, und morgens fehlte ein Apfel.

Jetzt kam die Reihe zu wachen an den dritten Sohn, der war auch bereit, aber der König traute ihm nicht viel zu und meinte, er würde noch weniger ausrichten als seine Brüder; endlich aber gestattete er es doch. Der Jüngling legte sich also unter den Baum, wachte und ließ den Schlaf nicht Herr werden. Als es zwölf schlug, so rauschte etwas durch die Luft, und er sah im Mondschein einen Vogel daherfliegen, dessen Gefieder ganz von Gold glänzte. Der Vogel ließ sich auf dem Baume nieder und hatte eben einen Apfel abgepickt, als der Jüngling einen Pfeil nach ihm abschoß. Der Vogel entflog, aber der Pfeil hatte sein Gefieder getroffen, und eine seiner goldenen Federn fiel herab. Der Jüngling hob sie auf, brachte sie am andern Morgen dem König und erzählte ihm, was er in der Nacht gesehen hatte.

Der König versammelte seinen Rat, und jedermann erklärte, eine Feder wie diese sei mehr wert als das gesamte Königreich. »Ist die Feder so kostbar«, erklärte der König, »so hilft mir auch die eine nichts, sondern ich will und muß den ganzen Vogel haben.«

Der älteste Sohn machte sich auf den Weg, verließ sich auf seine Klugheit und meinte, den goldenen Vogel schon zu finden. Wie er eine Strecke gegangen war, sah er an dem Rande eines Waldes einen Fuchs sitzen, legte seine Flinte an und zielte auf ihn.

Der Fuchs rief: »Schieß mich nicht, ich will dir dafür einen guten Rat geben. Du bist auf dem Weg nach dem goldenen Vogel und wirst heut abend in ein Dorf kommen, wo zwei Wirtshäuser einander gegenüberstehen. Eins ist hell erleuchtet, und es geht darin lustig her: da kehr aber nicht ein, sondern geh ins andere, wenn es dich auch schlecht ansieht.«

Wie kann mir wohl so ein albernes Tier einen vernünftigen Rat erteilen! dachte der Königssohn und drückte los, aber er fehlte den Fuchs, der den Schwanz streckte und schnell in den Wald lief. Darauf setzte er seinen Weg fort und kam abends in das Dorf, wo die beiden Wirtshäuser standen: in dem einen ward gesungen und gesprungen, das andere hatte ein armseliges, betrübtes Ansehen. Ich wäre wohl ein Narr, dachte er, wenn ich in das lumpige Wirtshaus ginge und das schöne liegen ließe. Also ging er in das lustige ein, lebte da in Saus und Braus und vergaß den Vogel, seinen Vater und alle guten Lehren.

Als eine Zeit verstrichen und der älteste Sohn immer und immer nicht nach Haus gekommen war, so machte sich der zweite auf den Weg und wollte den goldenen Vogel suchen. Wie dem ältesten begegnete ihm der Fuchs und gab ihm den guten Rat, den er nicht achtete. Er kam zu den beiden Wirtshäusern, wo sein Bruder am Fenster des einen stand, aus dem der Jubel erschallte, und ihn anrief. Er konnte nicht widerstehen, ging hinein und lebte nur noch seinen Lüsten.

Wiederum verstrich eine Zeit, da wollte der jüngste Königssohn ausziehen und sein Heil versuchen, der Vater aber wollte es nicht zulassen.

»Es ist vergeblich«, sprach er, »der wird den goldenen Vogel noch weniger finden als seine Brüder, und wenn ihm ein Unglück zustößt, so weiß er sich nicht zu helfen; es fehlt ihm am Besten.«

Doch endlich, wie keine Ruhe mehr da war, ließ er ihn ziehen. Vor dem Walde saß wieder der Fuchs, bat um sein Leben und erteilte den guten Rat. Der Jüngling war gutmütig und sagte: »Sei ruhig, Füchslein, ich tue dir nichts zuleid.«

»Es soll dich nicht gereuen«, antwortete der Fuchs, »und damit du schneller fortkommst, so steig hinten auf meinen Schwanz.«

Und kaum hat er sich aufgesetzt, so fing der Fuchs an zu laufen, und da ging's über Stock und Stein, daß die Haare im Winde pfiffen. Als sie zu dem Dorfe kamen, stieg der Jüngling ab, befolgte den guten Rat und kehrte, ohne sich umzusehen, in das geringe Wirtshaus ein, wo er ruhig übernachtete.

Am andern Morgen, wie er auf das Feld kam, saß da schon der

Fuchs und sagte: »Ich will dir weiter sagen, was du zu tun hast. Geh du immer gerade aus, endlich wirst du an ein Schloß kommen, vor dem eine ganze Schar Soldaten liegt, aber kümmre dich nicht darum, denn sie werden alle schlafen und schnarchen, geh mitten durch und geradeswegs in das Schloß hinein, und geh durch alle Stuben, zuletzt wirst du in eine Kammer kommen, wo ein goldener Vogel in einem hölzernen Käfig hängt. Nebenan steht ein leerer Goldkäfig zum Prunk, aber hüte dich, daß du den Vogel nicht aus seinem schlechten Käfig heraus nimmst und in den prächtigen tust, sonst möchte es dir schlimm ergehen.«

Nach diesen Worten streckte der Fuchs wieder seinen Schwanz aus, und der Königssohn setzte sich auf. Da ging's über Stock und Stein, daß die Haare im Winde pfiffen. Als er bei dem Schloß angelangt war, fand er alles so, wie der Fuchs gesagt hatte. Der Königssohn kam in die Kammer, wo der goldene Vogel in einem hölzernen Käfig saß, und ein goldener stand daneben; die drei goldenen Äpfel aber lagen in der Stube umher. Da dachte er, es wäre lächerlich, wenn er den schönen Vogel in dem gemeinen und häßlichen Käfig lassen wollte, öffnete die Türe, packte ihn und setzte ihn in den goldenen. In dem Augenblick aber tat der Vogel einen durchdringenden Schrei. Die Soldaten erwachten, stürzten herein und führten ihn ins Gefängnis. Den andern Morgen wurde er vor ein Gericht gestellt und, da er alles bekannte, zum Tode verurteilt. Doch sagte der König, er wolle ihm unter einer Bedingung das Leben schenken, wenn er ihm nämlich das goldene Pferd brächte, welches noch schneller liefe als der Wind, und dann sollte er obendrein zur Belohnung den goldenen Vogel erhalten.

Der Königssohn machte sich auf den Weg, seufzte aber und war traurig, denn wo sollte er das goldene Pferd finden? Da sah er auf einmal seinen alten Freund, den Fuchs, an dem Wege sitzen.

»Siehst du «, sprach der Fuchs, » so ist es gekommen, weil du mir nicht gehört hast. Doch sei gutes Mutes, ich will mich deiner annehmen und dir sagen, wie du zu dem goldenen Pferd gelangst. Du mußt geradesswegs fortgehen, so wirst du zu einem Schloß kommen, wo das Pferd im Stalle steht. Vor dem Stall werden die Stallknechte liegen, aber sie werden schlafen und schnarchen, und du kannst geruhig das goldene Pferd herausführen. Aber eins mußt du in acht nehmen, leg ihm den schlechten Sattel von Holz und Leder auf und ja nicht den goldenen, der dabei hängt, sonst wird es dir schlimm ergehen. «

Dann streckte der Fuchs seinen Schwanz aus, der Königssohn setzte sich auf, und es ging fort über Stock und Stein, daß die Haare im Winde pfiffen. Alles traf so ein, wie der Fuchs gesagt hatte, er kam in den Stall, wo das goldene Pferd stand. Als er ihm aber den schlechten Sattel auflegen wollte, so dachte er: Ein so schönes Tier wird verschändet, wenn ich ihm nicht den guten Sattel auflege, der ihm gebührt. Kaum aber berührte der goldene Sattel das Pferd, so fing es an laut zu wiehern. Die Stallknechte erwachten, ergriffen den Jüngling und warfen ihn ins Gefängnis. Am andern Morgen wurde er vom Gerichte zum Tode verurteilt, doch versprach ihm der König das Leben zu schenken und dazu das goldene Pferd, wenn er die schöne Königstochter vom goldenen Schlosse herbeischaffen könnte.

Mit schwerem Herzen machte sich der Jüngling auf den Weg, doch zu seinem Glücke fand er bald den treuen Fuchs.

»Ich sollte dich nur deinem Unglück überlassen«, sagte der Fuchs, » aber ich habe Mitleiden mit dir und will dir noch einmal aus deiner Not helfen. Dein Weg führt dich gerade zu dem goldenen Schlosse: abends wirst du anlangen, und nachts, wenn alles still ist, dann geht die schöne Königstochter ins Badehaus, um da zu baden. Und wenn sie hineingeht, so spring auf sie zu und gib ihr einen Kuß, dann folgt sie dir, und du kannst sie mit dir fortführen; nur dulde nicht, daß sie vorher von ihren Eltern Abschied nimmt, sonst kann es dir schlimm ergehen. «

Dann streckte der Fuchs seinen Schwanz, der Königssohn setzte sich auf, und so ging es über Stock und Stein, daß die Haare im Winde pfiffen. Als er beim goldenen Schloß ankam, war es so, wie der Fuchs gesagt hatte. Er wartete bis um Mitternacht, als alles in tiefem Schlaf lag und die schöne Jungfrau ins Badehaus ging, da sprang er hervor und gab ihr einen Kuß. Sie sagte, sie wollte gerne mit ihm gehen, bat ihn aber

flehentlich und mit Tränen, er möchte ihr erlauben, vorher von ihren Eltern Abschied zu nehmen. Er widerstand anfänglich ihren Bitten, als sie aber immer mehr weinte und ihm zu Fuß fiel, so gab er endlich nach. Kaum aber war die Jungfrau zu dem Bette ihres Vaters getreten, so wachte er und alle anderen, die im Schloß waren, auf, und der Jüngling ward festgehalten und ins Gefängnis gesetzt.

Am andern Morgen sprach der König zu ihm: »Dein Leben ist verwirkt, und du kannst bloß Gnade finden, wenn du den Berg abträgst, der vor meinen Fenstern liegt, und über welchen ich nicht hinaussehen kann, und das mußt du binnen acht Tagen zustande bringen. Gelingt dir das, so sollst du meine Tochter zur Belohnung haben.«

Der Königssohn fing an, grub und schaufelte ohne abzulassen, als er aber nach sieben Tagen sah, wie wenig er ausgerichtet hatte und alle seine Arbeit so gut wie nichts war, so fiel er in große Traurigkeit und gab alle Hoffnung auf.

Am Abend des siebenten Tags aber erschien der Fuchs und sagte: »Du verdienst nicht, daß ich mich deiner annehme, aber geh nur hin und lege dich schlafen, ich will die Arbeit für dich tun.«

Am andern Morgen, als er erwachte und zum Fenster hinaussah, so war der Berg verschwunden. Der Jüngling eilte voll Freude zum König und meldete ihm, daß die Bedingung erfüllt wäre, und der König mochte wollen oder nicht, er mußte Wort halten und ihm seine Tochter geben.

Nun zogen die beiden zusammen fort, und es währte nicht lange, so kam der treue Fuchs zu ihnen. »Das Beste hast du zwar«, sagte er, »aber zu der Jungfrau aus dem goldenen Schloß gehört auch das goldene Pferd.«

»Wie soll ich das bekommen?« fragte der Jüngling.

»Das will ich dir sagen«, antwortete der Fuchs, »zuerst bring dem Könige, der dich nach dem goldenen Schlosse geschickt hat, die schöne Jungfrau. Da wird unerhörte Freude sein, sie werden dir das goldene Pferd gerne geben und werden dir's vorführen. Setz dich alsbald auf, und reiche allen zum Abschied die Hand herab, zuletzt der schönen Jungfrau, und wenn du sie gefaßt hast, so zieh sie mit einem Schwung hinauf und jage davon, und niemand ist imstande, dich einzuholen, denn das Pferd läuft schneller als der Wind.«

Alles wurde glücklich vollbracht, und der Königssohn führte die schöne Jungfrau auf dem goldenen Pferd fort. Der Fuchs blieb nicht zurück und sprach zu dem Jüng-

ling: »Jetzt will ich dir auch zu dem goldenen Vogel verhelfen. Wenn du nahe bei dem Schlosse bist, wo sich der Vogel befindet, so laß die Jungfrau absitzen, und ich will sie in meine Obhut nehmen. Dann reit mit dem goldenen Pferd in den Schloßhof, bei dem Anblick wird

große Freude sein, und sie werden dir den goldenen Vogel herausbringen. Wie du den Käfig in der Hand hast, so jage zu uns zurück, und hole dir die Jungfrau wieder ab. «

Als der Anschlag geglückt war und der Königssohn mit seinen Schätzen heimreiten wollte, so sagte der Fuchs: »Nun sollst du mich für meinen Beistand belohnen. «

»Was verlangst du dafür?« fragte der Jüngling. »Wenn wir dort in den Wald kommen, so schieß mich tot und hau mir Kopf und Pfoten ab. «

»Das wäre eine schöne Dankbarkeit«, sagte der Königssohn, »das kann ich dir unmöglich gewähren. «

Sprach der Fuchs: »Wenn du es nicht tun willst, so muß ich dich verlassen; ehe ich aber fortgehe, will ich dir noch einen guten Rat geben. Vor zwei Stücken hüte dich, kauf kein Galgenfleisch und setze dich an keinen Brunnenrand. « Damit lief er in den Wald.

Der Jüngling dachte: Das ist ein wunderliches Tier, das seltsame Grillen hat. Wer wird Galgenfleisch kaufen! Und die Lust, mich an einen Brunnenrand zu setzen, ist mir noch niemals gekommen. Er ritt mit der schönen Jungfrau weiter, und sein Weg führte ihn wieder durch das Dorf, in welchem seine beiden Brüder geblieben waren. Da war großer Auflauf und Lärmen, und als er fragte, was da vor wäre, hieß es, es sollten zwei Leute aufgehängt werden. Als er näher hinzukam, sah er, daß es seine Brüder waren, die allerhand schlimme Streiche verübt und all ihr Gut vertan hatten. Er fragte, ob sie nicht könnten freigemacht werden.

»Wenn Ihr für sie bezahlen wollt«, antworteten die Leute, »aber was wollt Ihr an die schlechten Menschen Euer Geld hängen und sie loskaufen. «

Er besann sich aber nicht, zahlte für sie, und als sie freigegeben waren, so setzten sie die Reise gemeinschaftlich fort.

Sie kamen in den Wald, wo ihnen der Fuchs zuerst begegnet war, und da es darin kühl und lieblich war und die Sonne heiß brannte, so sagten die beiden Brüder: »Laßt uns hier an dem Brunnen ein wenig ausruhen, essen und trinken. «

Er willigte ein, und während des Gesprächs vergaß er sich, setzte sich an den Brunnenrand und versah sich nichts Arges. Aber die beiden Brüder warfen ihn rückwärts in den Brunnen, nahmen die Jungfrau, das Pferd und den Vogel und zogen heim zu ihrem Vater.

»Da bringen wir nicht bloß den goldenen Vogel«, sagten sie, »wir haben auch das goldene Pferd und die Jungfrau von dem goldenen Schlosse erbeutet. «

Da war große Freude, aber das Pferd, das fraß nicht, der Vogel, der pfiff nicht, und die Jungfrau, die saß und weinte.

Der jüngste Bruder war aber nicht umgekommen. Der Brunnen war zum Glück trocken, und er fiel auf weiches Moos, ohne Schaden zu nehmen, konnte aber nicht wieder heraus. Auch in dieser Not verließ ihn der treue Fuchs nicht, kam zu ihm herabgesprungen und schalt ihn, daß er seinen Rat vergessen hätte.

»Ich kann's aber doch nicht lassen«, sagte er, »ich will dir wieder an das Tageslicht helfen.«

Er sagte ihm, er sollte seinen Schwanz anpacken und sich fest daran halten, und zog ihn dann in die Höhe.

»Noch bist du nicht aus aller Gefahr«, sagte der Fuchs, »deine Brüder waren deines Todes nicht gewiß und haben den Wald mit Wächtern umstellt, die sollen dich töten, wenn du dich sehen ließest.«

Da saß ein armer Mann am Weg, mit dem vertauschte der Jüngling die Kleider und gelangte auf diese Weise an des Königs Hof. Niemand erkannte ihn, aber der Vogel fing an zu pfeifen, das Pferd fing an zu fressen, und die schöne Jungfrau hörte Weinens auf.

Der König fragte verwundert: »Was hat das zu bedeuten?«

Da sprach die Jungfrau: »Ich weiß es nicht, aber ich war so traurig, und nun bin ich so fröhlich. Es ist mir, als wäre mein rechter Bräutigam gekommen.«

Sie erzählte ihm alles, was geschehen war, obgleich die andern Brüder ihr den Tod angedroht hatten, wenn sie etwas verraten würde. Der König ließ alle Leute vor sich bringen, die in seinem Schloß waren, da kam auch der Jüngling als ein armer Mann in seinen Lumpenkleidern, aber die Jungfrau erkannte ihn gleich und fiel ihm um den Hals. Die gottlosen Brüder wurden ergriffen und hingerichtet, er aber ward mit der schönen Jungfrau vermählt und zum Erben des Königs bestimmt.

Aber wie ist es dem armen Fuchs ergangen? Lange danach ging der Königssohn einmal wieder in den Wald, da begegnete ihm der Fuchs und sagte: »Du hast nun alles, was du dir wünschen kannst, aber mit meinem Unglück will es kein Ende nehmen, und es steht doch in deiner Macht, mich zu erlösen«; und abermals bat er flehentlich, er möchte ihn totschießen und ihm Kopf und Pfoten abhauen. Also tat er's, und kaum war es geschehen, so verwandelte sich der Fuchs in einen Menschen und war niemand anders als der Bruder der schönen Königstochter, der endlich von dem Zauber, der auf ihm lag, erlöst war. Und nun fehlte nichts mehr zu ihrem Glück, solange sie lebten.

Die drei Männlein im Walde

ES WAR EIN MANN, dem starb seine Frau, und eine Frau, der starb ihr Mann; und der Mann hatte eine Tochter, und die Frau hatte auch eine Tochter. Die Mädchen waren miteinander bekannt und gingen zusammen spazieren und kamen hernach zu der Frau ins Haus.

Da sprach sie zu des Mannes Tochter: »Hör, sage deinem Vater, ich wollt ihn heiraten, dann sollst du jeden Morgen dich in Milch waschen und Wein trinken, meine Tochter aber soll sich in Wasser waschen und Wasser trinken.«

Das Mädchen ging nach Haus und erzählte seinem Vater, was die Frau gesagt hatte.

Der Mann sprach: »Was soll ich tun? Das Heiraten ist eine Freude und ist auch eine Qual.«

Endlich, weil er keinen Entschluß fassen konnte, zog er seinen Stiefel aus und sagte: »Nimm diesen Stiefel, der hat in der Sohle ein Loch, geh damit auf den Boden, häng ihn an den großen Nagel und gieß dann Wasser hinein. Hält er das Wasser, so will ich wieder eine Frau nehmen, läuft's aber durch, so will ich nicht.«

Das Mädchen tat, wie ihm geheißen war; aber das Wasser zog das Loch zusammen, und der Stiefel ward voll bis obenhin. Es verkündete seinem Vater, wie's ausgefallen war. Da stieg er selbst hinauf, und als er sah, daß es seine Richtigkeit hatte, ging er zu der Witwe und freite sie, und die Hochzeit ward gehalten.

Am andern Morgen, als die beiden Mädchen sich aufmachten, da stand vor des Mannes Tochter Milch zum Waschen und Wein zum Trinken, vor der Frau Tochter aber stand Wasser zum Waschen und Wasser zum Trinken. Am zweiten Morgen stand Wasser zum Waschen und Wasser zum Trinken so gut vor des Mannes Tochter als vor der Frau Tochter. Und am dritten Morgen stand Wasser zum Waschen und Wasser zum Trinken vor des Mannes Tochter und Milch zum Waschen und Wein zum Trinken vor der Frau Tochter, und dabei blieb's. Die Frau ward ihrer Stieftochter spinnefeind und wußte nicht, wie sie es ihr von einem Tag zum andern schlimmer machen sollte. Auch war sie neidisch, weil ihre Stieftochter schön und lieblich war, ihre rechte Tochter aber häßlich und widerlich.

Einmal im Winter, als es steinhart gefroren hatte und Berg und Tal vollgeschneit lag, machte die Frau ein Kleid von Papier, rief das Mädchen und sprach: »Da, zieh das Kleid an, geh hinaus in den Wald und hol mir ein Körbchen voll Erdbeeren; ich habe Verlangen danach.«

»Du lieber Gott«, sagte das Mädchen, »im Wald wachsen ja keine Erdbeeren, die Erde ist gefroren, und der Schnee hat auch alles zugedeckt. Und warum soll ich in dem Papierkleide gehen? Es ist draußen so kalt, daß einem der Atem friert; da geht ja der Wind hindurch, und die Dornen reißen mir's vom Leib.«

»Willst du mir noch widersprechen?« sagte die Stiefmutter, »mach, daß du fortkommst, und laß dich nicht eher wieder sehen, als bis du das Körbchen voll Erdbeeren hast.«

Dann gab sie ihm noch ein Stückchen hartes Brot und sprach: »Davon kannst du den Tag über essen«, und dachte: Draußen wird's erfrieren und verhungern und mir nimmermehr wieder vor die Augen kommen.

Nun war das Mädchen gehorsam, tat das Papierkleid an und ging mit dem Körbchen hinaus. Da war nichts als Schnee die Weite und die Breite und war kein grünes Hälmchen zu merken. Als es in den Wald kam, sah es ein kleines Häuschen, daraus guckten drei kleine Haulemännerchen. Es wünschte ihnen die Tageszeit und klopfte bescheidentlich an die Tür. Sie riefen: »Herein!« Und es trat in die Stube und setzte sich auf die Bank am Ofen, da wollte es sich wärmen und sein Frühstück essen. Die Haulemännerchen sprachen: »Gib uns auch etwas davon.«

»Gerne«, sprach es, teilte sein Stückchen Brot entzwei und gab ihnen die Hälfte. Sie fragten: »Was willst du zur Winterszeit in deinem dünnen Kleidchen hier im Wald?«

»Ach«, antwortete es, »ich soll ein Körbchen voll Erdbeeren suchen und darf nicht eher nach Hause kommen, als bis ich es mitbringe.«

Als es sein Brot gegessen hatte, gaben sie ihm einen Besen und sprachen: »Kehre damit an der Hintertüre den Schnee weg.«

Wie es aber draußen war, sprachen die drei Männerchen untereinander: »Was sollen wir ihm schenken, weil es so artig und gut ist und sein Brot mit uns geteilt hat?«

Da sagte der erste: »Ich schenk ihm, daß es jeden Tag schöner wird.«

Der zweite sprach: »Ich schenk ihm, daß Goldstücke ihm aus dem Mund fallen, so oft es ein Wort spricht.«

Der dritte sprach: »Ich schenk ihm, daß ein König kommt und es zu seiner Gemahlin nimmt.«

Das Mädchen aber tat wie die Haulermännerchen gesagt hatten, kehrte mit dem Besen den Schnee hinter dem kleinen Hause weg, und was glaubt ihr wohl, daß es gefunden hat? Lauter reife Erdbeeren, die ganz dunkelrot aus dem Schnee hervorkamen. Da raffte es in seiner Freude sein Körbchen voll, dankte den kleinen Männern, gab jedem die Hand und lief nach Haus und wollte der Stiefmutter das Verlangte bringen. Wie es eintrat und »guten Abend« sagte, fiel ihm gleich ein Goldstück aus dem Mund. Darauf erzählte es, was ihm im Wald begegnet war, aber bei jedem Worte, das es sprach, fielen ihm die Goldstücke aus dem Mund, so daß bald die ganze Stube damit bedeckt war.

»Nun sehe einer den Übermut«, rief die Stiefschwester, »das Geld so hinzuwerfen«, aber heimlich war sie neidisch darüber und wollte auch hinaus in den Wald und Erdbeeren suchen.

Die Mutter sagte: »Nein, mein liebes Töchterchen, es ist zu kalt, du könntest mir erfrieren.« Weil sie ihr aber keine Ruhe ließ, gab sie endlich nach, nähte ihm einen prächtigen Pelzrock, den es anziehen mußte, und gab ihm Butterbrot und Kuchen mit auf den Weg.

Das Mädchen ging in den Wald und gerade auf das kleine Häuschen zu. Die drei kleinen Haulemänner guckten wieder, aber es grüßte sie nicht, und, ohne sich nach ihnen umzusehen, und ohne sie zu grüßen, stolperte es in die Stube hinein, setzte sich an den Ofen und fing an, sein Butterbrot und seinen Kuchen zu essen.

»Gib uns etwas davon«, riefen die Kleinen, aber es antwortete: »Es schickt mir selber nicht, wie kann ich andern noch davon abgeben?«

Als es nun fertig war mit dem Essen, sprachen sie: »Da hast du einen Besen, kehr uns draußen vor der Hintertür rein.«

»Ei, kehrt euch selber«, antwortete es, »ich bin eure Magd nicht.« Wie es sah, daß sie ihm nichts schenken wollten, ging es zur Türe hinaus. Da sprachen die kleinen Männer untereinander: »Was sollen wir ihm schenken, weil es so unartig ist und ein böses, neidisches Herz hat, das niemand etwas gönnt?«

Der erste sprach: »Ich schenk ihm, daß es jeden Tag häßlicher wird.«

Der zweite sprach: »Ich schenk ihm, daß ihm bei jedem Wort, das es spricht, eine Kröte aus dem Mund springt.«

Der dritte sprach: »Ich schenk ihm, daß es eines unglücklichen Todes stirbt.«

Das Mädchen suchte draußen nach Erdbeeren, als es aber keine fand, ging es verdrießlich nach Haus. Und wie es den Mund auftat, und seiner Mutter erzählen wollte, was ihm im Walde begegnet war, da sprang ihm bei jedem Wort eine Kröte aus dem Mund, so daß alle einen Abscheu vor ihm bekamen.

Nun ärgerte sich die Stiefmutter noch viel mehr und dachte nur darauf, wie sie der Tochter des Mannes alles Herzeleid antun wollte, deren Schönheit doch alle Tage größer ward. Endlich nahm sie einen Kessel, setzte ihn zum Feuer und sott Garn darin. Als es gesotten war, hing sie es dem armen Mädchen auf die Schulter und gab ihm eine Axt dazu, damit sollte es auf den gefrornen Fluß gehen, ein Eis- loch hauen und das Garn schlittern. Es war gehorsam, ging hin und hackte ein Loch in das Eis, und als es mitten im Hacken war, kam ein prächtiger Wagen hergefahren, worin der König saß. Der Wagen hielt still, und der König fragte: »Mein Kind, wer bist du, und was machst du da?«

»Ich bin ein armes Mädchen und schlittere Garn.«

Da fühlte der König Mitleiden, und als er sah, wie es so gar schön war, sprach er: »Willst du mit mir fahren?«

»Ach ja, von Herzen gern«, antwortete es, denn es war froh, daß es der Mutter und der Schwester aus den Augen kommen sollte.

Also stieg es in den Wagen und fuhr mit dem König fort, und als sie auf sein Schloß gekommen waren, ward die Hochzeit mit großer Pracht gefeiert, wie es die kleinen Männlein dem Mädchen geschenkt hatten. Über ein Jahr gebar die junge Königin einen Sohn, und als die Stiefmutter von dem großen Glücke gehört hatte, so kam sie mit ihrer Tochter in das Schloß und tat, als wollte sie einen Besuch machen. Als aber der König einmal hinausgegangen und sonst niemand zugegen war, packte das böse Weib die Königin am Kopf, und ihre Tochter packte sie an den Füßen, hoben sie aus dem Bett und warfen sie zum Fenster hinaus in den vorbeiflie- ßenden Strom. Darauf legte sich ihre häßliche Tochter ins Bett, und die Alte deckte sie zu bis über den Kopf. Als der König wieder zurückkam und mit seiner Frau sprechen wollte, rief die Alte: »Still, still, jetzt geht das nicht, sie liegt in starkem Schweiß, ihr müßt sie heute ruhen lassen.«

Der König dachte nichts Böses dabei und kam erst den andern Morgen wieder, und wie er mit seiner Frau sprach und sie ihm Antwort gab, sprang bei jedem Wort eine Kröte hervor, während sonst ein Goldstück herausgefallen war. Da fragte er, was das wäre, aber die Alte sprach, das hätte sie von dem starken Schweiß gekriegt und würde sich schon wieder verlieren.

In der Nacht aber sah der Küchenjunge, wie eine Ente durch die Gosse kam, die sprach:

»König, was machst du?
Schläfst du oder wachst du?«

Und als er keine Antwort gab, sprach sie:
» Was machen meine Gäste? «

Da antwortete der Küchenjunge:
» Sie schlafen feste. «

Fragte sie weiter:
» Was macht mein Kindelein? «

Antwortete er:
» Es schläft in der Wiege fein. «

Da ging sie in der Königin Gestalt hinauf, gab ihm zu trinken, schüttelte ihm sein Bettchen, deckte es zu und schwamm als Ente wieder durch die Gosse fort. So kam sie zwei Nächte, in der dritten sprach sie zu dem Küchenjungen: » Geh und sage dem König, daß er sein Schwert nimmt und auf der Schwelle dreimal über mir schwingt. «

Da lief der Küchenjunge und sagte es dem König, der kam mit seinem Schwert und schwang es dreimal über dem Geist: und beim drittenmal stand seine Gemahlin vor ihm, frisch, lebendig und gesund, wie sie vorher gewesen war.

Nun war der König in großer Freude, er hielt aber die Königin in einer Kammer verborgen bis auf den Sonntag, wo das Kind getauft werden sollte. Und als es getauft war, sprach er: » Was gehört einem Menschen, der den andern aus dem Bett trägt und ins Wasser wirft? «

» Nichts Besseres «, antwortete die Alte, » als daß man den Bösewicht in ein Faß steckt, das mit Nägeln ausgeschlagen ist, und den Berg hinab ins Wasser rollt. «

Da sagte der König: » Du hast dein Urteil gesprochen «, ließ ein solches Faß holen und die Alte mit ihrer Tochter hineinstecken, dann ward der Boden zugehämmert und das Faß bergab gekullert, bis es in den Fluß rollte.

Sneewittchen

ES WAR EINMAL mitten im Winter, und die Schneeflocken fielen wie Federn vom Himmel herab, da saß eine Königin an einem Fenster, das einen Rahmen von schwarzem Ebenholz hatte, und nähte. Und wie sie so nähte und nach dem Schnee aufblickte, stach sie sich mit der Nadel in den Finger, und es fielen drei Tropfen Blut in den Schnee. Und weil das Rote im weißen Schnee so schön aussah, dachte sie bei sich: Hätt ich ein Kind so weiß wie Schnee, so rot wie Blut und so schwarz wie das Holz an dem Rahmen. Bald darauf bekam sie ein Töchterlein, das war so weiß wie Schnee, so rot wie Blut und so schwarz wie Ebenholz und ward darum das Sneewittchen (Schneeweißchen) genannt. Und wie das Kind geboren war, starb die Königin.

Über ein Jahr nahm sich der König eine andere Gemahlin. Es war eine schöne Frau, aber sie war stolz und übermütig und konnte nicht leiden, daß sie an Schönheit von jemand sollte übertroffen werden. Sie hatte einen wunderbaren Spiegel, wenn sie vor den trat und sich darin beschaute, sprach sie:

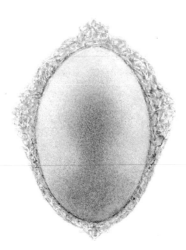

» Spieglein, Spieglein an der Wand,
   wer ist die Schönste im ganzen Land? «

so antwortete der Spiegel:

» Frau Königin, Ihr seid die Schönste im Land. «

Da war sie zufrieden, denn sie wußte, daß der Spiegel die Wahrheit sagte.

Sneewittchen aber wuchs heran und wurde immer schöner, und als es sieben Jahre alt war, war es so schön wie der klare Tag und schöner als die Königin selbst. Als diese einmal ihren Spiegel fragte:

» Spieglein, Spieglein an der Wand,
   wer ist die Schönste im ganzen Land? «

so antwortete er:

» Frau Königin, Ihr seid die Schönste hier,
   aber Sneewittchen ist tausendmal schöner als Ihr. «

Da erschrak die Königin und ward gelb und grün vor Neid. Von Stund an, wenn sie Sneewittchen erblickte, kehrte sich ihr das Herz im Leibe herum, so haßte sie das Mädchen. Und der Neid und Hochmut wuchsen wie ein Unkraut in ihrem Herzen immer höher, daß sie Tag und Nacht keine Ruhe mehr hatte. Da rief sie einen Jäger und sprach: » Bring das Kind hinaus in den Wald, ich will's nicht mehr vor meinen Augen sehen. Du sollst es töten und mir Lunge und Leber zum Wahrzeichen mitbringen. «

Der Jäger gehorchte und führte es hinaus, und als er den Hirschfänger gezogen hatte und Sneewittchens unschuldiges Herz durchbohren wollte, fing es an zu

weinen und sprach: »Ach, lieber Jäger, laß mir mein Leben; ich will in den wilden Wald laufen und nimmermehr wieder heimkommen.«

Und weil es so schön war, hatte der Jäger Mitleiden und sprach: »So lauf hin, du armes Kind.«

Die wilden Tiere werden dich bald gefressen haben, dachte er, und doch war's ihm, als wär ein Stein von seinem Herzen gewälzt, weil er es nicht zu töten brauchte. Und als gerade ein junger Frischling dahergesprungen kam, stach er ihn ab, nahm Lunge und Leber heraus und brachte sie als Wahrzeichen der Königin mit. Der Koch mußte sie in Salz kochen, und das boshafte Weib aß sie auf und meinte, sie hätte Sneewittchens Lunge und Leber gegessen.

Nun war das arme Kind in dem großen Wald mutterseelig allein und ward ihm so angst, daß es alle Blätter an den Bäumen ansah und nicht wußte, wie es sich helfen sollte. Da fing es an zu laufen und lief über die spitzen Steine und durch die Dornen, und die wilden Tiere sprangen an ihm vorbei, aber sie taten ihm nichts. Es lief, solange die Füße noch fort konnten, bis es bald Abend werden wollte, da sah es ein kleines Häuschen und ging hinein, sich zu ruhen.

In dem Häuschen war alles klein, aber so zierlich und reinlich, daß es nicht zu sagen ist. Da stand ein weißgedecktes Tischlein mit sieben kleinen Tellern, jedes Tellerlein mit seinem Löffelein, ferner sieben Messerlein und Gäblein und sieben Becherlein. An der Wand waren sieben Bettlein nebeneinander aufgestellt und schneeweiße Laken darübergedeckt. Sneewittchen, weil es so hungrig und durstig war, aß von jedem Tellerlein ein wenig Gemüs und Brot und trank aus jedem Becherlein einen Tropfen Wein; denn es wollte nicht einem allein alles wegnehmen. Hernach, weil es so müde war, legte es sich in ein Bettchen, aber keins paßte; das eine war zu lang, das andere zu kurz, bis endlich das siebente recht war; und darin blieb es liegen, befahl sich Gott und schlief ein.

Als es ganz dunkel geworden war, kamen die Herren von dem Häuslein, das waren die sieben Zwerge, die in den Bergen nach Erz hackten und gruben. Sie zündeten ihre sieben Lichtlein an, und wie es nun hell im Häuslein ward, sahen sie, daß jemand darin gewesen war, denn es stand nicht alles so in der Ordnung, wie sie es verlassen hatten.

Der erste sprach: »Wer hat auf meinem Stühlchen gesessen?«

Der zweite: »Wer hat von meinem Tellerchen gegessen?«

Der dritte: »Wer hat von meinem Brötchen genommen?«

Der vierte: »Wer hat von meinem Gemüschen gegessen?«

Der fünfte: »Wer hat mit meinem Gäbelchen gestochen?«

Der sechste: »Wer hat mit meinem Messerchen geschnitten?«

Der siebente: »Wer hat aus meinem Becherlein getrunken?« Dann sah sich der erste um und sah, daß auf seinem Bett eine kleine Delle war, da sprach er: »Wer hat in mein Bettchen getreten?«

Die andern kamen gelaufen und riefen: »In meinem hat auch jemand gelegen.«

Der siebente aber, als er in sein Bett sah, erblickte Sneewittchen, das lag darin und schlief. Nun rief er die andern, die kamen herbeigelaufen und schrien vor Verwunderung, holten ihre sieben Lichtlein und beleuchteten Sneewittchen. »Ei du mein Gott! Ei du mein Gott!« riefen sie, »was ist das Kind so schön!« und hatten so große Freude, daß sie es nicht aufweckten, sondern im Bettlein fortschlafen ließen. Der siebente Zwerg aber schlief bei seinen Gesellen, bei jedem eine Stunde, da war die Nacht herum.

Als es Morgen war, erwachte Sneewittchen, und wie es die sieben Zwerge sah, erschrak es. Sie waren aber freundlich und fragten: »Wie heißt du?«

»Ich heiße Sneewittchen«, antwortete es.

»Wie bist du in unser Haus gekommen?« sprachen weiter die Zwerge.

Da erzählte es ihnen, daß seine Stiefmutter es hätte wollen umbringen lassen, der Jäger hätte ihm aber das Leben geschenkt, und da wär es gelaufen den ganzen Tag, bis es endlich ihr Häuslein gefunden hätte.

Die Zwerge sprachen: »Willst du unsern Haushalt versehen, kochen, betten, waschen, nähen und stricken, und willst du alles ordentlich und reinlich halten, so kannst du bei uns bleiben, und es soll dir an nichts fehlen.«

»Ja«, sagte Sneewittchen, »von Herzen gern«, und blieb bei ihnen. Es hielt ihnen das Haus in Ordnung: Morgens gingen sie in die Berge und suchten Erz und Gold, abends kamen sie wieder, und da mußte ihr Essen bereit sein. Den Tag über war das Mädchen allein, da warnten es die guten Zwerglein und sprachen: »Hüte dich vor deiner Stiefmutter, die wird bald wissen, daß du hier bist; laß ja niemand herein.«

Die Königin aber, nachdem sie Sneewittchens Lunge und Leber glaubte gegessen zu haben, dachte nicht anders, als sie wäre wieder die Erste und Allerschönste, trat vor ihren Spiegel und sprach:

»Spieglein, Spieglein an der Wand,
    wer ist die Schönste im ganzen Land?«

Da antwortete der Spiegel:

»Frau Königin, Ihr seid die Schönste hier,
    aber Sneewittchen über den Bergen
    bei den sieben Zwergen
    ist noch tausendmal schöner als Ihr.«

Da erschrak sie, denn sie wußte, daß der Spiegel keine Unwahrheit sprach, und merkte, daß der Jäger sie betrogen hatte und Sneewittchen noch am Leben war. Und da sann und sann sie aufs neue, wie sie es umbringen wollte; denn solange sie nicht die Schönste war im ganzen Land, ließ ihr der Neid keine Ruhe. Und als sie endlich etwas ausgedacht hatte, färbte sie sich das Gesicht und kleidete sich wie eine alte Krämerin und war ganz unkenntlich. In dieser Gestalt ging sie über die sieben Berge zu den sieben Zwergen, klopfte an die Türe und rief: »Schöne Ware feil! feil!«

Sneewittchen guckte zum Fenster heraus und rief: »Guten Tag, liebe Frau, was habt Ihr zu verkaufen?«

»Gute Ware, schöne Ware«, antwortete sie, »Schnürriemen von allen Farben«, und holte einen hervor, der aus bunter Seide geflochten war. Die ehrliche Frau kann ich herein lassen, dachte Sneewittchen, riegelte die Tür auf und kaufte sich den hübschen Schnürriemen.

»Kind«, sprach die Alte, »wie du aussiehst! Komm, ich will dich einmal ordentlich schnüren.«

Sneewittchen hatte kein Arg, stellte sich vor sie und ließ sich mit dem neuen Schnürriemen schnüren. Aber die Alte schnürte geschwind und schnürte so fest, daß dem Sneewittchen der Atem verging und es für tot hinfiel.

»Nun bist du die Schönste gewesen«, sprach sie und eilte hinaus.

Nicht lange darauf, zur Abendzeit, kamen die sieben Zwerge nach Haus, aber wie

erschraken sie, als sie ihr liebes Sneewittchen auf der Erde liegen sahen; und es regte und bewegte sich nicht, als wäre es tot. Sie hoben es in die Höhe, und weil sie sahen, daß es zu fest geschnürt war, schnitten sie den Schnürriemen entzwei: da fing es an, ein wenig zu atmen und ward nach und nach wieder lebendig. Als die Zwerge hörten, was geschehen war, sprachen sie:

»Die alte Krämerfrau war niemand als die gottlose Königin, hüte dich und laß keinen Menschen herein, wenn wir nicht bei dir sind.«

Das böse Weib aber, als es nach Haus gekommen war, ging vor den Spiegel und fragte:

»Spieglein, Spieglein an der Wand,
wer ist die Schönste im ganzen Land?«

Da antwortete er wie sonst:

» Frau Königin, Ihr seid die Schönste hier,
aber Sneewittchen über den Bergen
bei den sieben Zwergen
ist noch tausendmal schöner als Ihr. «

Als sie das hörte, lief ihr alles Blut zum
Herzen, so erschrak sie, denn sie sah
wohl, daß Sneewittchen wieder
lebendig geworden war.
» Nun aber «, sprach sie, » will ich etwas
aussinnen, das dich zugrunde richten
soll «, und mit Hexenkünsten, die sie ver-
stand, machte sie einen giftigen Kamm.
Dann verkleidete sie sich und nahm die
Gestalt eines andern alten Weibes an. So
ging sie hin über die sieben Berge zu den
sieben Zwergen, klopfte an die Türe, und
rief: » Gute Ware feil! feil! «
Sneewittchen schaute heraus und
sprach: » Geht nur weiter, ich darf niemand hereinlassen. «
» Das Ansehen wird dir doch erlaubt sein «, sprach die Alte, zog den giftigen
Kamm heraus und hielt ihn in die Höhe. Da gefiel er dem Kinde so gut, daß es sich
betören ließ und die Türe öffnete. Als sie des Kaufs einig waren, sprach die Alte:
» Nun will ich dich einmal ordentlich kämmen. «
Das arme Sneewittchen dachte an nichts und ließ die Alte gewähren, aber kaum
hatte sie den Kamm in die Haare gesteckt, als das Gift darin wirkte und das Mädchen
ohne Besinnung niederfiel.
» Du Ausbund von Schönheit «, sprach das boshafte Weib, » jetzt ist's um dich
geschehen «, und ging fort. Zum Glück aber war es bald Abend, wo die sieben
Zwerglein nach Haus kamen. Als sie Sneewittchen wie tot auf der Erde liegen
sahen, hatten sie gleich die Stiefmutter in Verdacht, suchten nach und fanden den
giftigen Kamm, und kaum hatten sie ihn herausgezogen, so kam Sneewittchen
wieder zu sich und erzählte was vorgegangen war. Da warnten sie es noch einmal,
auf seiner Hut zu sein und niemand die Türe zu öffnen.
Die Königin stellte sich daheim vor den Spiegel und sprach:

» Spieglein, Spieglein an der Wand,
wer ist die Schönste im ganzen Land? «

Da antwortete er wie vorher:

> »Frau Königin, Ihr seid die Schönste hier,
> aber Sneewittchen über den Bergen
> bei den sieben Zwergen
> ist doch noch tausendmal schöner als Ihr.«

Als sie den Spiegel so reden hörte, zitterte und bebte sie vor Zorn.
»Sneewittchen soll sterben«, rief sie, »und wenn es mein eignes Leben kostet.«
Darauf ging sie in eine ganz verborgene einsame Kammer, wo niemand hinkam
und machte da einen giftigen, giftigen Apfel. Äußerlich sah er schön aus, weiß mit
roten Backen, daß jeder, der ihn erblickte, Lust danach bekam, aber wer ein Stück-
chen davon aß, der mußte sterben. Als der Apfel fertig war, färbte sie sich das
Gesicht und verkleidete sich in eine Bauersfrau, und so ging sie über die sieben
Berge zu den sieben Zwergen. Sie klopfte an, Sneewittchen streckte den Kopf zum
Fenster heraus und sprach: »Ich darf keinen Menschen einlassen, die sieben
Zwerge haben mir's verboten.«

100

»Mir auch recht«, antwortete die Bäurin, »meine Äpfel will ich schon los werden. Da, einen will ich dir schenken. «

»Nein«, sprach Sneewittchen, »ich darf nichts annehmen. «

»Fürchtest du dich vor Gift?« sprach die Alte, »siehst du, da schneide ich den Apfel in zwei Teile; den roten Backen iß du, den weißen will ich essen. «

Der Apfel war aber so künstlich gemacht, daß der rote Backen allein vergiftet war. Sneewittchen lusterte den schönen Apfel an, und als es sah, daß die Bäurin davon aß, so konnte es nicht länger widerstehen, streckte die Hand hinaus und nahm die giftige Hälfte. Kaum aber hatte es einen Bissen davon im Mund, so fiel es tot zur Erde nieder. Da betrachtete es die Königin mit grausigen Blicken und lachte überlaut und sprach: »Weiß wie Schnee, rot wie Blut, schwarz wie Ebenholz! Diesmal können dich die Zwerge nicht wieder erwecken. « Und als sie daheim den Spiegel befragte:

»Spieglein, Spieglein an der Wand,
 wer ist die Schönste im ganzen Land?«

so antwortete er endlich:

»Frau Königin, Ihr seid die Schönste im Land. «

Da hatte ihr neidisches Herz Ruhe, so gut ein neidisches Herz Ruhe haben kann.

Die Zwerglein, wie sie abends nach Haus kamen, fanden Sneewittchen auf der Erde liegen, und es ging kein Atem mehr aus seinem Mund, und es war tot. Sie hoben es auf, suchten, ob sie was Giftiges fänden, schnürten es auf, kämmten ihm die Haare, wuschen es mit Wasser und Wein, aber es half alles nichts; das liebe Kind war tot und blieb tot. Sie legten es auf eine Bahre und setzten sich alle siebene daran und beweinten es und weinten drei Tage lang. Da wollten sie es begraben, aber es sah noch so frisch aus wie ein lebendiger Mensch und hatte noch seine schönen roten

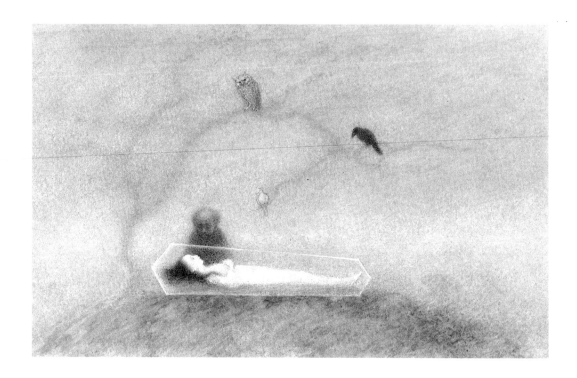

Backen. Sie sprachen: »Das können wir nicht in die schwarze Erde versenken«, und ließen einen durchsichtigen Sarg von Glas machen, daß man es von allen Seiten sehen konnte, legten es hinein und schrieben mit goldenen Buchstaben seinen Namen darauf und daß es eine Königstochter wäre. Dann setzten sie den Sarg hinaus auf den Berg, und einer von ihnen blieb immer dabei und bewachte ihn. Und die Tiere kamen auch und beweinten Sneewittchen, erst eine Eule, dann ein Rabe, zuletzt ein Täubchen.

Nun lag Sneewittchen lange, lange Zeit in dem Sarg und verweste nicht, sondern sah aus, als wenn es schliefe, denn es war noch so weiß als Schnee, so rot als Blut und so schwarzhaarig wie Ebenholz.

Es geschah aber, daß ein Königssohn in den Wald geriet und zu dem Zwergenhaus kam, da zu übernachten. Er sah auf dem Berg den Sarg und das schöne Sneewittchen darin und las, was mit goldenen Buchstaben darauf geschrieben war. Da sprach er zu den Zwergen: »Laßt mir den Sarg, ich will euch geben, was ihr dafür haben wollt.«

Aber die Zwerge antworteten: »Wir geben ihn nicht um alles Gold in der Welt.«

Da sprach er: »So schenkt mir ihn, denn ich kann nicht leben ohne Sneewittchen zu sehen, ich will es ehren und hochachten wie mein Liebstes.«

Wie er so sprach, empfanden die guten Zwerglein Mitleiden mit ihm und gaben ihm den Sarg. Der Königssohn ließ ihn nun von seinen Dienern auf den Schultern forttragen. Da geschah es, daß sie über einen Strauch stolperten, und von dem Schüttern fuhr der giftige Apfelgrütz, den Sneewittchen abgebissen hatte, aus dem Hals. Und nicht lange, so öffnete es die Augen, hob den Deckel vom Sarg in die Höhe und richtete sich auf und war wieder lebendig.

»Ach Gott, wo bin ich?« rief es.

Der Königssohn sagte voll Freude: »Du bist bei mir«, und erzählte, was sich zugetragen hatte und sprach: »Ich habe dich lieber als alles auf der Welt; komm mit mir in meines Vaters Schloß, du sollst meine Gemahlin werden.«

Da war ihm Sneewittchen gut und ging mit ihm, und ihre Hochzeit ward mit großer Pracht und Herrlichkeit angeordnet.

Zu dem Fest wurde aber auch Sneewittchens gottlose Stiefmutter eingeladen. Wie sie sich nun mit schönen Kleidern angetan hatte, trat sie vor den Spiegel und sprach:

»Spieglein, Spieglein an der Wand,
    wer ist die Schönste im ganzen Land?«

Der Spiegel antwortete:

»Frau Königin, Ihr seid die Schönste hier,
    aber die junge Königin ist tausendmal schöner als Ihr.«

Da stieß das böse Weib einen Fluch aus und ward ihr so angst, so angst, daß sie sich nicht zu lassen wußte. Sie wollte zuerst gar nicht auf die Hochzeit kommen, doch ließ es ihr keine Ruhe, sie mußte fort und die junge Königin sehen. Und wie sie hineintrat, erkannte sie Sneewittchen, und vor Angst und Schrecken stand sie da und konnte sich nicht regen. Aber es waren schon eiserne Pantoffeln über Kohlenfeuer gestellt und wurden mit Zangen hereingetragen und vor sie hingestellt. Da mußte sie in die rotglühenden Schuhe treten und so lange tanzen, bis sie tot zur Erde fiel.